ALASKA ARDE

AGENTE ESPECIAL AINARA PONS Nº 13

RAÚL GARBANTES

Página web del autor:
www.raulgarbantes.com

amazon.com/author/raulgarbantes

goodreads.com/raulgarbantes

instagram.com/raulgarbantes

facebook.com/autorraulgarbantes

x.com/rgarbantes

Obtén una copia digital GRATIS de *Miedo en los ojos* y mantente informado sobre futuras publicaciones de Raúl Garbantes. Suscríbete en este enlace: https://raulgarbantes.com/miedogratis

ÍNDICE

PRÓLOGO

Nunca imaginé que aquella tormenta en Manhattan me conduciría a este momento.

EL PASILLO se tiñe de rojo bajo las luces estroboscópicas de emergencia. La alarma taladra mis tímpanos. Nuestros pasos retumban contra el metal mientras avanzamos a toda velocidad. El aire muerde con ese frío polar que se filtra por las grietas del complejo. Cada respiración es una puñalada de hielo en mis pulmones.

—Tiene que ser por aquí. —La voz de Alain corta el aire. Su Glock 19 emerge de la funda táctica como una extensión natural de su brazo.

Echo un vistazo a Luna. Su rostro está manchado de sangre seca, pero sus ojos mantienen ese brillo feroz que la caracteriza. Apenas puede mantenerse en pie después de la emboscada en el nivel superior. Sé que seguirá hasta el final. Siempre lo hace.

Otro giro en el laberinto de pasillos. Mi corazón se

detiene. A través del cristal blindado de la sala de control, reconozco esa silueta familiar. Era Luka.

—¡Allí está!

Me precipito hacia la puerta. Mis botas derrapan sobre el suelo metálico. La manija no cede. Pruebo mi tarjeta de acceso, pero es rechazada. Golpeo el cristal con la palma abierta.

—¡Luka!

Se gira por un instante. Un microsegundo en el que reconozco algo en sus ojos que me hiela la sangre: su mirada tenía la clase de determinación que precede al sacrificio.

Arranco el extintor de la pared y arremeto contra el cristal. Una, dos, tres veces. Ni un rasguño.

—Maldita seguridad militar —mascullo entre dientes.

Luka al fin se acerca. Extrae un disco de su bolsillo y lo desliza bajo la puerta.

—Los datos que pueden exponer toda la operación —dice con voz metálica a través del intercomunicador.

—¡Váyanse! ¡Ahora!

Es entonces cuando veo el temporizador digital sobre la consola: 10:00; 9:59; 9:58...

Mi entrenamiento me ha preparado para docenas de escenarios, pero no para esto. No para ver morir a un compañero por elección propia.

—Haz algo con eso, Ainara. —Luka presiona su palma contra el cristal—. Mi tiempo aquí terminó, pero el tuyo no.

Apoyo mi mano contra la suya. El frío del vidrio blindado entre nosotros se burla de este último contacto. Una explosión sacude la base. Las paredes vibran. Los fragmentos de concreto caen del techo.

—¿Por qué? —Mi voz suena extraña, quebrada— ¿Crees que puedes detenerlo?

—Te quedan nueve minutos. —Su sonrisa es suave, casi paternal—. No hagas que esto sea en vano.

Lo veo regresar a los controles. La distancia entre los dos crece, y con ella, el dolor. Mi mente repasa sin freno las opciones: explosivos plásticos, hackeo del sistema, disparos concentrados al marco... Nada serviría, no en el tiempo que tenemos.

Alain tira de mi brazo.

—Vamos, Ainara.

Me sacudo con fuerza. Me niego a aceptar la realidad. Luka monitorea múltiples pantallas, ejecutando comandos con precisión y rapidez. Prepara algo, algo que requiere supervisión manual hasta el final.

Luna aprieta mi hombro. Su voz es gentil pero firme:

—Si no salimos ahora, moriremos todos aquí.

El temporizador marca «8:45». En mi cabeza, años de entrenamiento gritan que debo moverme, que cada segundo es vital. Mis pies parecen soldados al suelo mientras observo a Luka. Grabo en mi memoria cada detalle de su perfil recortado contra las pantallas parpadeantes.

Esto es lo que significa ser una operativa: a veces la misión exige sacrificios. A veces debes dejar atrás a alguien para salvar a muchos. Lo sé en mi cabeza, pero mi corazón se rebela contra cada instinto de supervivencia.

—Ainara. —La voz de Luna tiene un toque de

urgencia que no puedo ignorar—. Él ya tomó su decisión.

8:30.

Doy un último golpe al cristal, esta vez, con toda la rabia y el dolor concentrados en mi puño. Luka ni siquiera se inmuta. Ya está en otro lugar, enfocado en su última misión.

—Vámonos.

Mi voz suena hueca cuando me giro hacia el pasillo.

Echamos a correr. La estridente alarma nos envuelve, mezclada con el ritmo desigual de nuestra huida. Me alejo de él, y la distancia pesa, es áspera, como si la piel misma protestara con cada zancada.

Pero corro. Porque eso es lo que hacemos. Corremos, sobrevivimos, y cargamos con el peso de aquellos que se quedaron atrás.

La cuenta regresiva continúa en mi cabeza mientras nos alejamos por el pasillo teñido de rojo.

8:15.

8:14.

8:13...

1

APAGÓN GLOBAL

PISO DE AINARA, Manhattan.
Martes, 25 de junio, 8:40 p. m.

ME RECUESTO en la cama con Bob pegado a mi lado, buscando protección de la tormenta que ruge afuera como si se tratara del fin del mundo. Truenos ensordecedores retumban en la noche mientras la lluvia azota la ventana sin piedad. Incluso mi fiero y valiente *rottweiler* tiembla con cada estruendo del cielo enfurecido.

Acaricio distraídamente su pelaje negro mientras deslizo el pulgar por la pantalla del móvil, pasando imágenes sin prestarles demasiada atención. Algunas me arrancan una sonrisa, otras me dejan indiferente. Antes hacía lo mismo con la televisión, saltando de canal en canal. Supongo que a todo el mundo le pasó lo mismo, del *zapping* al *scrolling*.

Llevo un par de semanas sin trabajo. Los chicos dicen que viene bien tomarse un descanso entre caso y caso, pero yo me aburro como una ostra. Quizás soy la que menos vida social tiene del grupo. La verdad es que no tengo idea de qué hacen mis compañeros cuando no estamos enfrascados en una misión. Son mis mejores amigos, casi los únicos que tengo, pero nuestra relación se limita al trabajo. Nunca fui muy sociable y la vida como fugitiva no ayuda precisamente a cultivar amistades.

Y ni hablar de relaciones más íntimas. Hace una eternidad que no me abro a nadie, ni siquiera para algo que sea solo físico. Nada de nada. Después de tantos fracasos, muertes y traiciones, parece que hubiera cerrado esa puerta y tirado la llave. Tal vez ya es hora de volver a tener una vida, pero no sé ni por dónde empezar. Dudo mucho que meterme en una aplicación de citas vaya a funcionar. ¿Qué pondría en ocupación? ¿Justiciera? Tendría que mentir sobre mi nombre y hasta falsear mi foto. Ni idea.

Movida por la curiosidad, decido entrar a una de esas aplicaciones para ver de qué van. Busco una, la encuentro y cuando estoy a punto de hacer clic, un trueno descomunal sacude los cimientos del edificio.

De golpe, la luz de mi habitación se apaga y el teléfono no llega a cargar la aplicación.

—Qué demonios... —mascullo en la oscuridad.

¿Será una señal divina? «No te metas en citas online, Ainara». Mejor dejo eso y averiguo qué pasa. Me levanto de la cama y, alumbrando con la linterna del móvil, me dirijo a la cocina, donde está el panel de interruptores eléctricos. Los reviso, pero todo está en orden; no fue un cortocircuito en mi piso.

Camino hasta la puerta y la abro. El pasillo también está sumido en las tinieblas. Cierro y me quedo pensando con Bob pegado a mis piernas, reacio a separarse de mí. Se me ocurre ir hasta la ventana para ver hasta dónde llega el apagón. Estoy en una cuarta planta con vistas a la calle, aunque con el aguacero es difícil distinguir algo afuera. Guardo el móvil en el bolsillo trasero de mis *jeans*.

—Total, mojarme un poco no me va a matar —me digo al tiempo que abro la ventana para asomarme y tener una mejor vista.

La lluvia y el viento huracanado me empapan al instante. El rugido de la tormenta es ensordecedor sin la barrera del vidrio. Parece el fin del mundo. Saco medio cuerpo hacia afuera, desafiando a la naturaleza. A izquierda y derecha, la oscuridad es total. Me echo hacia atrás y cierro de un golpe, chorreando agua por todas partes. El suelo está empapado y Bob se aleja un metro, él tampoco es muy fan de la lluvia.

Vuelvo a sacar el móvil para alumbrar con la linterna. Me quito la camiseta y el sujetador empapados. Voy hasta el baño y me seco con una toalla, pero mi pelo se queda húmedo. No tengo luz de emergencia ni velas. Mientras tanto, Bob me sigue, atento a todo lo que hago. De vuelta en el cuarto, me saco los pantalones mojados y me pongo una camiseta vieja que uso para dormir. Presiento que hoy me voy a la cama temprano. Una vez acostada, con la cabeza de mi bestia negra sobre las piernas, vuelvo a chequear el teléfono. Ya tengo señal, así que aprovecho para ver si encuentro algo sobre el apagón.

Enseguida saltan las noticias. Todo Manhattan, Brooklyn y Queens han quedado a oscuras. Algunos dicen haber escuchado una explosión. Ahora que lo pienso, ese último trueno antes del corte bien podría haber sido eso. De repente, me entra un mensaje de Andrew.

«¿Estás bien?», leo en la pantalla.

«A oscuras pero entera», escribo. «¿Sabes qué pasó?», le pregunto. Andrew me explica que un rayo impactó en la central eléctrica de Nueva York. «Se quemó un tercio de la red», afirma.

«Entonces, van a tardar en arreglarlo», contesto. Su respuesta no tarda en llegar: «Pero hay algo raro. Quince minutos antes pasó lo mismo en Tokio. Justo lo estaba viendo en las redes cuando nos quedamos sin luz».

Me quedo mirando el mensaje, desconcertada. ¿Qué significa eso? Lo llamo sin pensarlo dos veces.

—¿Crees que los dos cortes están relacionados? —pregunto incrédula cuando atiende.

—Espera —me frena y hace una pausa—. Acaba de irse la luz en Berlín.

—Esto no es normal —sentencio—. Fíjate si hay algo en común entre los tres cortes. Es mucha coincidencia.

—De acuerdo —responde Andrew—. Por suerte tengo un generador, así que acá no hay problema. Te diría que vengas, pero con esta tormenta infernal es más seguro que te quedes ahí. Mañana hablamos.

Corto la llamada y reflexiono sobre lo que me contó Andrew. Él tiene razón, con la ciudad a oscuras, un diluvio de película y un perro bravo temblando de miedo, salir no es la mejor idea. Me quedo pensando en esos tres apagones simultáneos en puntos tan distantes del globo. Es demasiado extraño. Quizás no es nada, solo mi mente buscando conspiraciones donde no las hay. Pero en este trabajo aprendí a estar siempre alerta y esperar lo peor. Me llevé más de una sorpresa destapando cosas increíbles sin siquiera buscarlas. Mejor mantenerme en guardia por las dudas. Ya veré mañana.

MIÉRCOLES, 26 de junio, 9:10 a. m.

ABRO los ojos con la luz del día y todavía no ha vuelto la electricidad. Tanteo el móvil para ver si tengo noticias de Andrew. Claro, me quedé sin batería. Lo mejor va a ser ir directo al búnker, ya paró de llover y no aguanto quedarme de brazos cruzados.

Bob ladra, reclamando mi atención. Tiene razón, con todo el caos de anoche, no lo saqué a pasear.

—Ya vamos, Bob —le digo mientras me levanto—. Primero a evacuar y después a ver al tío Andrew.

Salgo con mi perro para que haga sus necesidades. Aguantó un montón de horas sin hacer nada. Este piso que alquilé queda a menos de quince cuadras del búnker, lo que resultaba muy práctico. Mientras caminamos hacia allá, veo vidrieras rotas y cables caídos por todos lados, es el desastre originado por la tormenta. Nueva York está preparada para la nieve, no para huracanes como el de anoche. Menos mal que no salí. Espero que no haya víctimas, en estas situaciones, los que más sufren son los sintecho. Pero de esas muertes ni se entera la prensa.

Casi sin darme cuenta, llegamos al refugio de Andrew. Bob rasca la puerta, ansioso por entrar. Andrew me dijo que tiene un generador, así que toco el timbre, rogando que funcione.

—¡Hola, Bob! —exclama Andrew apenas abre. El *rottweiler* se le tira encima, feliz. Como siempre, saluda al perro antes que a mí.

—Me quedé sin carga en el móvil —me excuso—, por eso caí sin avisar.

—Tengo novedades —me dice, haciéndome pasar—. No tiene sentido, pero es demasiada coincidencia. Yo sé reconocer un patrón cuando lo veo.

—¿De qué hablas? —le pregunto una vez que cierra la puerta.

—De los apagones —contesta—. Anoche te mencioné lo que ocurrió en Tokio y Berlín.

—Sí —confirmo.

—Bueno, ahora se suman Londres, París y Barcelona.

—¿Seis cortes simultáneos? —exclamo, estupefacta.

—Sí —asiente Andrew—, con minutos de diferencia.

—¿Quién fue? ¿Cómo lo hicieron? —lo interrogo.

—¿Quién? —repite, desconcertado—. Por lo que se sabe hasta ahora... la misma naturaleza.

Me quedo muda, mirándolo fijo. Su respuesta no me convence.

—Seis tormentas —afirma ante mi escepticismo—, todas al mismo tiempo, impactando en las redes eléctricas de seis países. No sé qué más decirte. Estoy investigando si hubo algo más, pero dudo que a la naturaleza la podamos parar a tiros.

—Como dijiste antes —reflexiono—, esto no puede ser casualidad. Llama al equipo, algo grande está pasando.

2

HACKERS

BÚNKER DE ANDREW, Manhattan
Miércoles, 26 de junio, 10:30 a. m.

CUANDO EL RESTO del equipo llega, excepto Freddy, Andrew se encarga de explicar el caso. No es complicado, pero sí difícil de creer. Todos se miran, extrañados; esto es algo con lo que nunca hemos lidiado. Si no fuera por la sincronicidad de los seis cortes, el incidente habría pasado desapercibido, pero aquí estamos nosotros para advertirlo.

Como siempre pienso lo peor, si existe la mínima posibilidad de que alguien haya atacado Nueva York, aunque sea de una forma extraña, debemos estar listos para enfrentarlo.

Necesito saber a qué nos enfrentamos y espero que alguno de mis compañeros tenga una idea, porque yo no tengo nada.

Debo entender la situación a la que nos enfrentamos.

—Confirmé en las noticias de todo el mundo —dice Andrew al final—, los apagones fueron ocasionados por rayos que afectaron la red eléctrica.

Luna, con su cara de estar analizando lo que oyó, sentada en su silla frente a la mesa, como siempre, interviene:

—Bueno, seis tormentas simultáneas no es nada raro, hay muchas más en el mundo al mismo tiempo. Que en seis lugares con tormentas se haya cortado la luz, disminuye mucho las posibilidades de que sea algo casual, pero aun así, podría serlo. Ahora, que en todos los sitios hayan sido rayos los causantes de los apagones y que hayan caído justo en el lugar apropiado... Es una probabilidad estadística muy pequeña. Sin embargo, sigue siendo posible. Nadie puede dirigir un rayo, al menos que yo sepa.

—Thor, Tormenta, Zeus —responde Alain, sentado en el sillón junto a Peter.

—Nadie del mundo real —le replica Peter, pegándole un puñetazo en el hombro—. Esto no es un cómic.

Confiaba en que la lógica de Luna y el escepticismo de Peter aportaran una mirada distinta a la mía. Ambos son prácticos, cada uno a su manera, y no se dejan llevar por fantasías.

—A no ser que alguien haya inventado alguna especie de pararrayos... —sugiere Junior, sorprendiéndome al intentar encontrarle una lógica a algo que parece no tenerla.

—Dudo que alguien haya ido con un pararrayos en la mano —interviene Peter un poco en son de burla.

—La forma del pararrayos no la conozco —prosigue

13

Junior sin hacerle caso—. Las investigaciones de Tesla hace como cien años lograron transferir energía de un punto a otro sin necesidad de cables. Quizás alguien inventó algo similar, pero para la electricidad de los rayos.

Una teoría ingeniosa para comprender algo que, en principio, parece imposible.

—Déjame investigar eso —dice Andrew—, veré si algo inusual sucedió con las redes eléctricas durante la tormenta. Si la hipótesis de Junior tiene algún sentido, la clave debe de estar en el servicio de electricidad.

De pronto se escucha un ruido, baja la tensión eléctrica y luego vuelve a subir.

—Ha vuelto la luz —informa Andrew—. Ahora será más sencillo meterme en el sistema del servicio eléctrico.

Veo entonces que Bob se levanta de donde estaba echado en el suelo y camina hasta la puerta, mirando hacia afuera. Alguien viene. Mi móvil, que había puesto a cargar desde que llegué, suena. Freddy estaba afuera, así que salgo junto con mi bestia negra a abrirle.

—Acaba de volver la luz —dice él luego de saludarnos a mí y a Bob.

—Ya era hora —respondo—. No recuerdo haber pasado un apagón así. ¿Qué pasó que te retrasaste?

—En medio del caos que provocó el apagón —explica Freddy mientras entramos—, nos llegó un informe de que hackearon la red eléctrica antes del corte.

—¿Escuchaste, Andrew? —le pregunto cuando cierro la puerta.

Freddy nos trajo la respuesta a la investigación que

Andrew estaba por hacer. La hipótesis de Junior se fortalece con la suposición de Andrew recién confirmada.

—Claro que sí —responde Andrew—. Ahora las cosas tienen más sentido. Junior tenía razón, le hicieron algo a la red para que atrajera los rayos. Tenemos que descubrir qué fue y si en los demás lugares pasó lo mismo.

—Sabía que esta información te gustaría, Andrew —dice Freddy mientras saluda al resto del equipo y se sienta en una silla frente a la mesa—. Pero te ahorraré la búsqueda. El hackeo provocó una recarga en la red eléctrica. En el resto de los países, no sé. Las noticias hablan de los cortes en todo el mundo y del cambio climático. Pero supongo que ustedes tienen otra hipótesis.

—No sé si llega a hipótesis —responde Peter, aún incrédulo—, es apenas una idea. Como la probabilidad de que suceda algo así es mínima, estamos evaluando la posibilidad de que alguien haya logrado dirigir los rayos hacia la red.

—¿Es eso posible? —pregunta Freddy.

Yo me alzo de hombros.

—No soy un experto —dice Junior—, pero en la escuela era bueno en ciencias. Los rayos se producen cuando se acumulan cargas opuestas en dos lugares y el aislamiento natural del aire no alcanza para retener toda esa energía.

—¡Wow, Junior! —exclama Alain—, no entiendo por qué estudiaste leyes.

—Yo tampoco —admite Junior, sonriente.

—Hablando de ciencias —dice Andrew con una sonrisa—, como dijo Arquímedes, ¡Eureka!

15

—¿Qué encontraste? —le pregunto, asombrada por tal despliegue de conocimientos científicos—. ¿Qué has descubierto?

—En el Reino Unido, también hackearon la red de Londres —informa Andrew—. Investigaré en las otras ciudades, pero estoy seguro de que hallaré lo mismo.

—Entonces, ¿esto es en serio? —pregunta Peter, que hasta el momento pensaba que se trataba de accidentes.

—¿Tú qué crees? —dice Luna—. Si nuestro científico frustrado tiene razón, una sobrecarga en la red podría haber generado la carga opuesta necesaria para atraer los rayos.

La lógica de Luna comienza a aceptar la posibilidad, apartándose del escepticismo. No es que sea incrédula por naturaleza, simplemente saca sus conclusiones basándose en los datos que tiene. A medida que obtiene más información, sus conclusiones van cambiando.

—O sea que fue un ataque organizado —dice Freddy — y usaron las tormentas para realizarlo. Es algo difícil de creer y más difícil aún de explicar a mis superiores. Tendremos que encontrar algo más.

—Andrew —dice Peter—, lo único que tenemos son los hackeos, y esa es tu área. Si descubres quién los hizo, sabremos quién está detrás de esto.

Peter también empieza a ver un patrón. No le gusta que lo engañen, por lo que cuando huele algo turbio, se lanza al ataque.

—Esperen, esperen —interrumpe Luna—. Estamos yendo demasiado rápido. Suponiendo que haya un *super-hacker* que pueda intervenir las redes eléctricas de seis países, tendría que haber estado esperando a que se den esa clase de tormentas al mismo tiempo. Hay algo que no cuadra.

—Luna tiene razón —digo.

Me había mantenido en silencio porque lo que estábamos teorizando estaba sujeto a demasiadas variables. No se puede contar con los caprichos de la naturaleza para organizar un ataque masivo. De nuevo, la lógica de Luna me pone en perspectiva. Todos me están mirando, esperando a que aclare lo que acabo de decir.

—Estoy de acuerdo con Luna —continúo—. Algo tan grande no pudo haber estado sometido al azar. El *hacker* tendría que haber esperado durante semanas o meses para que se dieran las tormentas en los lugares exactos que necesitaba. No lo pudieron hacer así, tiene que haber sido de otra forma.

—No te entiendo, Ainara —dice Freddy—. ¿De qué otra forma lo podrían haber hecho?

—En lugar de esperar a que se generen tormentas —explico, sabiendo que estoy por decir algo descabellado—, alguien las debe haber provocado.

El silencio inunda la habitación. Lo que sugiero suena a ciencia ficción, pero encaja con el patrón de los apagones. Si los rayos fueron inducidos artificialmente a través de la red eléctrica alterada, significa que alguien tiene acceso a una tecnología muy avanzada y los recursos para implementar un ataque sincronizado a escala global.

3

LA TORMENTA PERFECTA

BÚNKER DE ANDREW, Manhattan
Miércoles, 26 de junio, 11:10 a. m.

—¿Qué dices, Ainara? —protesta Peter, levantándose del sillón con un gesto incrédulo—. Eso es imposible.

—Lo sé —mantengo la voz firme, aunque mis palabras rocen lo inverosímil—, pero es la única explicación que da sentido a todo esto. Un ataque de esta magnitud solo puede lograrse controlando dos variables clave: la sobrecarga de la red eléctrica y la generación de tormentas. Ya confirmamos que intervinieron la red, y pronto Andrew nos dirá cómo lo hicieron. Lo que aún debemos comprobar es si también manipulan el clima... y de qué manera.

Las palabras suenan extrañas incluso para mí, pero no puedo ignorar la posibilidad. Cada tanto aparece algún arma nueva que cambia la historia de las guerras, y este podría ser el caso. Peter me mira como si hubiera perdido la cabeza, y no puedo culparlo.

—Ainara —dice con voz calmada, tratando de no ofenderme—, creo que esto es una locura. Suena más a delirio de conspiración que a algo posible. Aun así, te daré el beneficio de la duda y te apoyaré. ¿Cómo podríamos averiguar si algo así es viable?

—La realidad es que el mundo no se imaginaba las bombas nucleares hasta Hiroshima y Nagasaki —explico—. Podríamos estar lidiando con algo nuevo. Pero como tú dices, es un tema de teoría de conspiración, y tenemos a un experto en eso.

—Tom —afirma Luna desde su silla, sus ojos brillan por saber de quién hablaba.

—Exacto —respondo.

Tom es un periodista que ya ha trabajado con nosotros en dos ocasiones. La última vez me contó que le llegaba información sobre las teorías de conspiración más desquiciadas. Una de ellas resultó ser real, y si no hubiéramos intervenido nosotros, hubiera terminado muerto. Si hay alguien que pueda saber algo de esto, es él. Tal vez esta sea otra teoría de conspiración que se vuelva realidad.

—Ya mismo lo llamaré —digo, tomando mi móvil.

Espero dos o tres timbradas antes de que atienda.

—Hola, amiga —responde al fin. No pronuncia mi nombre porque se ha vuelto muy desconfiado y siempre cree que su teléfono está intervenido. Después de lo que ocurrió la última vez, cuando fue raptado, entiendo sus precauciones.

—Hola, amigo —le respondo en el mismo código—.

Quiero hacerte unas consultas y necesito que sea cuanto antes.

—No hay problema —responde—. ¿Crees que puedas venir en veinte minutos al café de la esquina sin inconvenientes, el grande?

—Sí, no te preocupes —contesto y miro a Freddy—. Allí estaré, tengo un amigo que me cubre.

Freddy asiente con la cabeza. Sigo siendo una de las prófugas más buscadas, pero mientras él sea el director de la oficina del FBI de Nueva York, puedo moverme por esta ciudad con bastante seguridad.

—Ahora nos quitaremos las dudas —digo y luego dudo—, o volveremos con muchas más.

BROADWAY, Manhattan
Miércoles, 26 de junio, 11:40 a. m.

VEINTE MINUTOS DESPUÉS, entro al café con Alain, que quiso acompañarme. Todo lo que tenga que ver con armas le fascina, en especial si son secretas. Peter, por el contrario, ni siquiera se ofreció a venir. Este tema es demasiado extraño para su gusto. Se ha acostumbrado a resolver los apremios con su ametralladora, y una tormenta no es algo que pueda detener de ese modo. Eso lo incomoda.

Tom ya está sentado en una mesa al fondo, tomando un café. Lo saludamos y nos sentamos con él.

—¿Qué necesitas, Ainara? —pregunta Tom—. Cada

vez que nos cruzamos, mi vida corre peligro, aunque termino como un héroe con primicias exclusivas, así que soy todo oídos.

—Esta vez, necesito tu experiencia en teorías de conspiración —le digo.

—Vaya, vaya —responde, pero hace silencio cuando una camarera se acerca. Pedimos café también.

—Esto se pone interesante —prosigue Tom cuando la camarera se va—. Estaba seguro de que conocer tantas teorías delirantes algún día serviría para algo. ¿De qué se trata? Alienígenas, clones, Estado profundo, viajes en el tiempo. Tú pregunta y yo te contaré todo lo que sé.

—En realidad, es algo menos estrafalario que eso —interviene Alain—. El día que se trate de extraterrestres, no me busquen a mí. Solo queremos saber si hay algún arma capaz de controlar el clima.

—¡Ah! —exclama Tom, suspirando como si fuera lo más natural del mundo—, es por eso nada más. No era necesario reunirnos para hablar del tema, es una de las teorías más populares. Te lo podría haber dicho por teléfono.

Lo que para algunos resulta de lo más normal, para otros es casi como un universo distinto. Supongo que a cualquier persona común que viera cómo vivo le pasaría lo mismo.

—Se trata de HAARP —continúa Tom—, un sistema del Gobierno teóricamente creado para estudiar la ionosfera y sus propiedades. La idea es usarla en favor de las telecomunicaciones. Lo interesante de esto es que está financiado por la Armada, la Fuerza Aérea y DARPA.

—¿DARPA? —pregunto, sorprendida—. ¿La Agencia de Proyectos de Investigación Avanzados de Defensa?

—Esa misma —confirma Tom—. Ya lo entendiste. ¿Qué hace DARPA y el Ejército financiando un proyecto de comunicaciones?

—Solo que lo de las comunicaciones sea una tapadera —dice Alain— y utilicen ese proyecto para otra cosa.

—Es tal como lo dices, Alain —confirma Tom—. Esta es una de las afirmaciones en las que se basa esta teoría. ¿Por qué Defensa ha invertido cientos de millones de dólares en algo que, en definitiva, si funciona, lo terminarán usando empresas privadas? No tiene lógica. Más si tenemos en cuenta que están investigando lo mismo hace como treinta años. Lo que afirman los rumores es que, en realidad, es una tecnología que tiene la capacidad de manipular el clima.

Por fin llegamos al punto. Ahora tenemos algo sobre qué investigar. Si este HAARP es lo que dice Tom, tenemos que descubrir por qué realizaron los ataques.

—Si así fuera —lo interrumpo al darme cuenta de que esto debería tener un lado positivo—, se podrían evitar las sequías, las inundaciones y todo tipo de catástrofes.

—Si usaran ese talento para el bien… —dice Tom y continúa—. Pero al Ejército no le interesa evitar sequías e inundaciones, le interesa provocarlas en sus enemigos. Imagina poder ganar una guerra sin disparar un tiro y sin poner en riesgo a un solo soldado americano.

—Entonces, claramente esa tecnología no existe —

digo con cierta frustración al pensar que tal vez seguimos el camino equivocado—. Las guerras se siguen haciendo con armas y muertos. Ya hubieran utilizado esa tecnología si existiera.

—Las armas generan mucho dinero, Ainara —dice Alain, meneando la cabeza—. Estados Unidos exporta casi el cuarenta por ciento de las armas que se utilizan en el mundo, y Rusia lo sigue con un veinte por ciento. Si implementaran un sistema de guerra basado en el control del clima, Estados Unidos dejaría de ganar miles de millones de dólares al año.

—Y Rusia también —agrega Tom—. Los rumores dicen que Rusia tiene su propio proyecto de control del clima y que hay un pacto entre ambos países para no usarlo.

—Es como el arsenal atómico —digo entonces, comprendiendo lo que oigo—. Está ahí por si acaso, pero nadie lo puede usar.

—Así es —afirma Tom—, pero las bombas atómicas solo pueden hacer daño y, por lo tanto, todos estamos de acuerdo en que no se usen. ¿Qué pasaría si la gente supiera que somos capaces de controlar el clima y permitimos que las catástrofes naturales sigan sucediendo?

—El caos sería total —contesta Alain, que ha comprendido bien el juego—. Los países afectados por catástrofes se quejarían ante las potencias que tienen esa tecnología. Habría muchas amenazas y más bombas atómicas.

—Ahora que lo pienso —dice Tom como si se hubiera dado cuenta de algo—, ¿esta charla tiene que ver con lo que sucedió anoche aquí y en otras ciudades? Dime que sí.

—Sí —respondo, y justo llega la camarera con los cafés, así que me callo.

—Creemos que los apagones fueron provocados —prosigo cuando la camarera se marcha—. Sabemos que hackearon las redes eléctricas de las ciudades y que los rayos quemaron esas redes. Nos faltaba saber cómo podían provocar las tormentas eléctricas. Esta teoría del HAARP nos daría esa explicación.

—Suponiendo que así sea —dice Tom, relamiéndose —, primero, manténganme al tanto, que quiero la primicia. Y segundo, no creo que nuestro Gobierno ataque a Nueva York y a sus socios comerciales más importantes. ¿Creen que haya sido Rusia?

Lo que dice Tom tiene sentido. Nuestro Gobierno no se atacaría a sí mismo. Las señales indican a Rusia.

—De ser así —contesto—, el pacto se habría roto y estaríamos al borde de una guerra. Empecemos por lo que tenemos más cerca, investiguemos al HAARP. Si descubrimos que el HAARP hace lo que creemos, iremos luego por los rusos.

—Yo no sé más que lo que te acabo de contar —concluye Tom—. Pero con esta información, estoy seguro de que Andrew conseguirá el resto.

4

LA PISTA BRASILEÑA

BÚNKER DE ANDREW, Manhattan
Miércoles, 26 de junio, 12:30 p. m.

REGRESAMOS AL BÚNKER, donde, además de los entusiastas saludos de Bob, nos esperan Andrew y Junior.

—¿Dónde están Peter y Luna? —pregunto mientras me dejo caer en una silla, el cansancio de la reunión con Tom aún está palpable en mis huesos.

—Descubrí al *hacker* que intervino la red eléctrica —responde Andrew—. Un brasileño de poca monta llamado Paulo Santos, alias «Capoeira». Dejó rastros por todos lados, así que las autoridades lo atraparán pronto. Lo localicé en Brooklyn y envié a Peter y Luna para que lo interroguen antes de que el FBI llegue hasta él. Ya deberían estar allí.

—Bien —dice Alain, desplomándose en el sillón con

un suspiro—. Por fin una pista normal en medio de toda esta locura climática.

Estoy de acuerdo. Peter debe estar en su elemento, persiguiendo y atrapando sospechosos. Es un experto en eso, algo que hicimos cientos de veces cuando trabajábamos juntos en el FBI.

—¿Tom dijo algo que valga la pena? —pregunta Junior sin apartar los ojos de mí.

—Sí —respondo, las ideas se atropellan en mi cabeza, chocando entre sí—. Ahora le toca a Andrew descubrir cuánto de todo esto es real y cuánto solo ruido.

—Dime qué necesitas, Ainara —dice Andrew, entrelazando los dedos hasta hacerlos crujir, un gesto automático cuando se activa por completo—. Estoy listo para zambullirme donde haga falta.

—HAARP —digo despacio. Las letras se sienten ajenas, como si pertenecieran a otro idioma o a un universo paralelo—. Necesito que averigües todo lo que puedas: qué es exactamente, dónde está ubicado, qué investigaciones oficiales se conocen… y, sobre todo, qué se dice por debajo, en foros, archivos filtrados, rumores. Lo que no quieren que sepamos.

—¡Ahhh! —exclama Andrew, alzando ambas cejas con una mezcla de reconocimiento y alerta—. Claro... eso.

—¿Ya habías oído hablar de esto? —pregunto, notando cómo mi voz se vuelve más aguda, como si una parte de mí quisiera que dijera que no.

—Un poco —admite, girando la cabeza con una leve mueca—. Me crucé con algunos videos hace tiempo, teorías conspirativas de esas que uno mira y luego olvida.

Pero ahora que lo dices… tiene sentido. Hay toneladas de desinformación flotando alrededor de este programa. Si hay algo real ahí, va a estar bien escondido.

Brooklyn, Nueva York
Miércoles, 26 de junio, 12:30 p. m.

El barrio al que llegan Luna y Peter es humilde, pero no parece peligroso, tal como lo describió Andrew. Con la puerta del edificio cerrada, Peter recurre a un viejo truco: presionar timbres al azar.

—¿Quién es? —responde una voz femenina por el intercomunicador.

—Traigo su pedido —improvisa Peter con tono casual.

—Yo no ordené nada.

—Disculpe, me equivoqué.

Luna observa con una ceja arqueada mientras Peter repite la escena una y otra vez, hasta que al fin, en el quinto intento, una voz masculina y añosa responde:

—Pase.

El zumbido de la cerradura eléctrica es música para los oídos de Peter. Empujan la puerta y entran.

—El truco más viejo del manual —comenta Peter mientras suben las escaleras hacia el tercer piso, donde vive Capoeira, su *hacker*.

Al llegar al piso número cuatro, se detienen. Luna mira a Peter, interrogante.

—¿Armas?

—No creo que haga falta —responde él—. Es un *nerd*, dudo que intente nada. Vamos por las buenas primero.

Peter saca su vieja placa del FBI y golpea la puerta. Una voz con marcado acento brasileño responde desde el interior:

—¿Quién es?

Intercambiando miradas satisfechas, Peter acerca su placa a la mirilla.

—Agente Bennett del FBI. Queremos hablar con usted un momento.

—Sí, claro. Deme un segundo, no estoy vestido.

Luna frunce el ceño.

—Son las doce y media del día. No creo que ande desnudo por ahí.

—¿Crees que está intentando escapar por la ventana? —pregunta Peter, la sospecha se va formando en su mente.

—¿No es lo que siempre hacen en las películas? —responde Luna mientras desenfunda su arma con precisión, sin apartar la vista de la puerta.

Peter suelta un bufido seco, da un paso atrás, toma impulso y lanza una patada directa contra la puerta. Esta se abre de golpe, chocando contra la pared con un estruendo sordo. Al otro lado, justo como temían, el sospechoso ya está cruzando la habitación y encaramándose por la ventana del fondo. Sin pensarlo dos veces, Peter corre tras él, pero no llega a tiempo. Se asoma justo para verlo desaparecer por la escalera de incendios, descendiendo con una destreza que raya en lo inhumano.

—Mierda —murmura Peter entre dientes, trepando con torpeza por el marco para salir tras él—. Esto iba a ser un trabajo sencillo.

Mientras desciende por la estructura de hierro, saltando peldaños de dos en dos, el brasileño ya va varios tramos por delante, moviéndose con una agilidad salvaje. Cada salto suyo parece calculado al milímetro, como si conociera esa escalera como la palma de su mano. Peter duda por un instante, pone la mano sobre la funda del arma, pero se contiene. No puede disparar. Necesitan al *hacker* vivo.

Capoeira es la única pista real que tienen. Y se está esfumando frente a sus narices.

Al llegar a la calle, Peter ve al sospechoso trepando una cerca metálica a veinte metros de distancia.

—¡Detente! —grita, pero es en vano.

Ignorando el dolor punzante en su tobillo al aterrizar del otro lado de la cerca, Peter se lanza a toda velocidad, acorralando al *hacker* en un callejón sin salida.

—Te dije que te detuvieras —gruñe Peter, estudiando a su adversario.

Es un hombre delgado pero fibroso, con rastas castañas y tez morena. A Peter no le cabe duda de que intentará resistirse, así que empieza a sacar su arma de la chaqueta, listo para una pelea rápida y contundente.

Pero Capoeira lo sorprende. En un parpadeo, se agacha, apoya una mano en el suelo y le lanza una patada certera que hace volar la pistola de Peter por los aires. Antes de que pueda procesar lo sucedido, el brasileño gira, apoyándose en ambas manos, y le asesta una devastadora doble patada en el pecho que lo catapulta hacia atrás. Peter trastabilla, pero no cae, negándose a rendirse.

Se lanza hacia el frente, decidido a derribar al *hacker*, pero Capoeira da una voltereta en el aire y le conecta una patada brutal en la cara que hace que su visión se nuble y todo dé vueltas a su alrededor. Un segundo golpe en el estómago lo derriba, dejándolo de rodillas y jadeando.

A través del dolor y el aturdimiento, Peter comprende con súbita y terrible claridad que está completamente a merced de este letal artista marcial. Un último golpe es todo lo que Capoeira necesita para acabar con él de forma permanente. Impotente, observa cómo el brasileño gira sobre sí mismo, levantando la pierna para asestar una patada final que sin duda le romperá el cuello.

Pero el golpe nunca llega. Un disparo rasga el aire y Peter ve la pierna de apoyo de Capoeira doblarse antes de que se desplome pesadamente a su lado. Un instante después, siente que alguien lo toma del brazo y lo ayuda a ponerse en pie con dificultad.

—Con que un *nerd* inofensivo, ¿eh? —comenta Luna con sarcasmo mientras sostiene a un tambaleante Peter —. Casi te mata.

—Nada de *nerd* —masculla él, adolorido—. El maldito Spiderman brasileño.

—Por algo le apodan Capoeira. Un arte marcial letal. ¿No te enseñaron sobre eso en Quantico?

—Fue hace mucho —gruñe Peter, acercándose al *hacker* caído, cuya pierna herida sangra con profusión.

—Muy bien, canta —ordena Luna, apuntándole con el arma—. ¿Para quién trabajas?

—No sé de qué me hablan —gime el brasileño desde el suelo.

Furioso, Peter le asesta una patada en las costillas.

—No te hagas el listo —ruge—. No estoy de humor para juegos. ¿Para quién hackeaste la red eléctrica?

—¡Lo juro, no lo sé! Me pagaron por hacerlo, pero nunca vi al tipo en persona ni me dijo su nombre.

—Algo debes saber —insiste Luna con voz gélida—. Algo te habrán dicho.

—El tipo me contactó por teléfono —explica Capoeira entre jadeos de dolor—. Dijo que pertenecía a una organización que quería salvar al planeta, que era solo una advertencia. Me pidió que recalentara la red para que se apagara unos minutos y luego todo volviera a la normalidad.

—¡Pero nos dejaste sin luz quince malditas horas! —exclama Peter.

—¡Eso no fue cosa mía! ¿Cómo iba a saber lo que haría la tormenta y los rayos? Fue un accidente.

—¿Y qué hay de los otros países donde también se cortó la luz? —pregunta Luna.

—No tengo nada que ver con eso. Yo solo me metí con la red de Nueva York, nada más.

Peter y Luna intercambian miradas cargadas de significado.

—No creo que sepa más —concluye ella—. ¿Qué hacemos con él?

—Ya le volaste una rodilla —responde Peter con una mueca—. Dudo que vuelva a treparse por las rejas y saltar edificios pronto. Se acabó el Hombre Araña. Que Freddy se encargue del resto.

5

CUALQUIERA PUEDE SER EL ENEMIGO

Búnker de Andrew, Manhattan
Miércoles, 26 de junio, 1:00 p. m.

—Ainara —dice Andrew—. No ha sido muy difícil encontrar lo que me pediste. Como te dije antes, lo más complicado fue descartar la basura.

—Cuéntanos —le digo y me siento en una silla con un refresco que acabo de sacar del refrigerador de Andrew.

—HAARP significa High Frequency Active Auroral Research Program —explica Andrew—. No sé por qué no le pusieron la «F» de Frequency. Tal vez porque sería difícil pronunciarlo. Es un proyecto que se dedica a estudiar la ionosfera. Funciona desde el año 1993, y su objetivo principal en ese entonces era desarrollar mejores telecomunicaciones.

—¿Por qué dices que ese era el objetivo entonces? —pregunto y apoyo la lata en la mesa—. ¿Ahora no lo es?

—Ahora parece que está más dedicado a la detección de misiles —me responde.

—Eso explicaría por qué está financiado por la Armada —digo, hallando una respuesta lógica a las dudas que había planteado Tom. No podía ser que solo lo hubieran hecho para telecomunicaciones; algún uso militar específico debía tener.

—Exacto —interviene Alain—. De alguna forma tenían que justificar que un proyecto de ciencias estuviera financiado por DARPA. Es muy conveniente.

—¿Dices que lo de los misiles es una tapadera? —pregunto.

—Tiene todo el aspecto —contesta Alain, encogiéndose de hombros—. El Ejército invierte cientos de millones de dólares en un proyecto de telecomunicaciones. La gente empieza a preguntar por qué el dinero de los contribuyentes se usa para eso y, de repente, descubren que pueden detectar misiles.

La suposición de Alain tiene mucha lógica. Cuando el Gobierno invierte mucho dinero en algo, debe dar explicaciones al Congreso; nadie se opondría a un sistema que detecta misiles.

—¿Tú qué piensas, Andrew? —le pregunto a quien realizó la investigación.

—Hay mucha información —contesta—. Incluso explican cómo funciona. Tienen una serie de antenas gigantes capaces de modificar el electromagnetismo de una zona específica de la ionosfera. No sé qué tiene que ver eso con los misiles.

—Esperen —dice Junior, enderezándose en el sillón; había permanecido en silencio, escuchando—. Si cambian la ionización de una zona, podrían alterar el clima.

—Eso es lo que dicen las teorías de conspiración —continúa Andrew—; aún no había llegado a esa parte, solo les conté la versión oficial.

Me sigue llamando la atención el conocimiento de Junior sobre ciencia, pero guardo silencio; quiero saber qué más tiene Andrew para contarnos.

—¿Cuál es la otra versión? —pregunto.

—Lo que acaba de deducir nuestro científico frustrado —prosigue Andrew—: que lo usan así. Pueden, a través de la ionización, quitar humedad o acumularla, modificar la presión para generar ciclones y anticiclones. En síntesis, hacer con el clima lo que quieran.

—Y, por supuesto —añado—, no hay forma de comprobarlo. Podríamos preguntarle a la amiga congresista de Junior por si sabe algo.

—¿Por qué no? —responde Junior—. Dudo que en el Congreso sepan lo que hace en secreto DARPA, pero le preguntaré.

—Si la congresista no sabe nada —prosigue Andrew—, no tenemos otra forma de comprobarlo.

—Entonces, tendré que ir a las oficinas del HAARP —digo, suspirando—. ¿Dónde quedan sus instalaciones?

—Vas a pasar frío, Ainara —contesta Andrew—. Las instalaciones están en Alaska.

Junior y yo nos miramos. No nos hace gracia ir a Alaska. Busco la mirada de Alain y percibo algo distinto, como si estuviera concentrado en otra cosa, alguna carga emotiva.

—¿Qué te sucede, Alain? —pregunto al ver que no reacciona.

—Cuando era pequeño —dice, pensativo—, uno de los pocos momentos en que papá estuvo en casa, le dijo a mamá algo que me asustó.

—¿Qué dijo Dexter? —pregunto, sabiendo que no era un hombre que hablara por hablar.

Conocí muy bien al padre de Alain y confiaba en él. No sé qué puede tener que ver con esto, pero ya comprendo el gesto de Alain.

—Dexter no solía hablar con mamá de sus misiones —continúa—; aquella vez le advirtió que si veía una tormenta extraña, me llevara de inmediato a un búnker. Dexter estaba preocupado por mí.

—No creo que una referencia al clima —dice Junior, restando importancia a lo afirmado—, pueda asociarse de forma directa con nuestra situación.

Alain lo mira fijo.

—Esto fue en los noventa —aclara—, y la misión de mi padre había sido en Alaska.

Se hace un silencio; todos miramos a Alain. El asunto toma otro color. Dexter hablando de los peligros de una «tormenta rara» tras una misión secreta en Alaska no puede ignorarse.

—Si necesitábamos alguna confirmación de que allí manipulan el clima —dice Junior—, creo que la acabamos de obtener.

—Y es algo que sucede hace más de treinta años —agrego—. Ya entonces había gente al tanto de esto.

—Puede ser —continúa Junior—, pero según lo que hablaste con Tom, Rusia también podría ser responsable.

—SURA —interviene Andrew—, ese es el nombre del proyecto ruso, que es incluso anterior al americano y fue encargado por el Ministerio de Defensa Soviético.

—No creo que ir a Rusia entre en nuestros planes —dice Alain—. ¿O sí?

No le contesto. Es una posibilidad que se escapa de nuestras manos. Si son los rusos quienes lo provocan, poco podremos hacer.

—Ainara —dice Andrew sin dejar de mirar sus pantallas—, te sorprendería la cantidad de información disponible. Existen leyes y tratados internacionales que prohíben estas prácticas; ello indica que son reales y hubo que poner límites al desarrollo de tal tecnología.

—Como con las bombas atómicas —recuerda Alain, citando lo hablado con Tom.

—Entonces, una de las potencias viola los tratados —continúa Junior—; esto puede traer cola.

—Supongo que por los ataques —digo—, las miradas apuntarían a Rusia. Sin embargo, se me ocurre algo: más allá de la dialéctica entre Estados Unidos y Rusia, nunca hubo un ataque tan directo. Tampoco vivimos un momento de gran tensión como en el pasado. ¿Por qué Rusia arriesgaría tanto?

—Tal vez no fue Rusia —dice Andrew—, ni Estados Unidos. Europa tiene un proyecto similar y, de seguro, China también. Sería imposible saberlo.

—¿Qué quieres decir? —pregunto, tratando de seguirlo. Si aparecen más jugadores, podría ser cualquiera.

—Las grandes potencias evitarían una jugada tan fuerte; sería casi una declaración de guerra —explica Andrew—, pero tal vez se trate de un país pequeño que logró desarrollar la misma tecnología…

—O un privado —añade Junior—. Hay multinacionales más poderosas que varios Estados. Cualquiera que pueda sacar beneficio podría estar detrás.

—Entonces estamos donde empezamos —concluyo—. Sabemos que pudo ser un ataque climatológico, pero no sabemos quién lo ejecutó.

—La única pista es el *hacker* —observa Junior—. Espero que Peter y Luna hayan tenido suerte.

—Sobre eso —añade Andrew—, hace unos minutos Luna mandó un mensaje. Lo capturaron, pero sacaron poco. Ahora vienen hacia aquí. Les pedí que traigan comida.

—Gracias a Dios —dice Alain, juntando las manos como si rezara—. Estaba muriendo de hambre.

Lo miro; hace poco parecía contrito y ahora piensa en comer. Qué facilidad para cambiar de humor. Yo, en cambio, estoy inquieta. La hipótesis de que cualquier país o corporación posea esa tecnología me eriza la piel.

—Repito —digo—, estamos como al principio. Cualquiera puede ser el enemigo.

6

EL GUSANO

BÚNKER DE ANDREW, Manhattan
Miércoles, 26 de junio, 1:35 p. m.

BOB ME ANUNCIA que llegó alguien del equipo. Esta vez son Luna y Peter. Rápidamente, nos cuentan lo sucedido con Capoeira.

—Espero que Freddy haya podido mandar a alguien por ese maldito —dice Peter, enojado.

No entró en detalles acerca de cómo lo detuvieron, pero por los magullones que tiene Peter en la cara, asumo que no fue tan sencillo como lo esperaban. Lo veo sentarse en el sillón y quitarse el calzado, tiene el tobillo muy hinchado.

—Así que Capoeira fue contratado por una organización —dice Andrew mientras se da vuelta en su silla giratoria y empieza a teclear como loco—. Lo sospechaba. Es muy difícil hackear tantos lugares tan distantes a la vez, y más para un novato como Capoeira. Esta organización debe haber contratado *hackers* en cada país. Debe ser una organización internacional. Tengo que descubrir quién ha estado reclutando en los últimos tiempos.

—¿Hay avisos de empleo para *hackers*? —pregunta Junior.

—Algo así —responde Andrew—. Es menos evidente, pero están en la red. Quien busca, encuentra.

—Debe ser una organización ambientalista radical —agrega Luna—. Hablaba de salvar al planeta, así que empieza por ahí, creo que reducirá mucho tu búsqueda.

—Estamos en un dilema —les digo mientras Andrew sigue con lo suyo—. Creemos saber qué clase de tecnología están usando, pero no sabemos quién lo hace. Si es alguien de otro país, Freddy no podrá ayudarnos.

—Es verdad —interviene Luna—. El FBI solo tiene injerencia en este país —afirma—, pero la CIA vigila a los terroristas, sicarios, extremistas y delincuentes de todo el mundo, a cualquiera que pueda amenazar a Estados Unidos.

—¿Crees que puedas meterte en el sistema de la CIA? —le pregunto a Andrew.

—Podría, pero hackear a la CIA es muy peligroso —dice a la vez que trabaja en su búsqueda—. Al menos desde afuera, me rastrearían con facilidad. Solo si pongo un dispositivo directo a la red en sus oficinas podría intervenirlos sin que me descubran.

—Yo tengo que entregar un perfil que me pidieron hace unos días —dice Luna—. Normalmente lo hago en línea, pero esta vez podría dar una vuelta por las oficinas. Si es sencillo lo que necesitas, quizás lo pueda hacer.

Andrew deja lo que estaba haciendo y gira en su silla para hablarle a Luna con una gran sonrisa.

—Eres hermosa, Luna.

CUARTEL DE LA CIA, Langley, Virginia
Miércoles, 26 de junio, 6:20 p. m.

JUNIOR APARCA DELANTE de las oficinas de la CIA y Luna baja del vehículo. Él se ofreció a llevarla, eran cuatro horas de viaje y Luna necesitaba estar lúcida para lo que debía hacer. Como Junior es el único del equipo sin pedido de captura, era el mejor candidato para conducir hasta allí.

Ella llega a la entrada, presenta sus credenciales y el hombre de seguridad la anuncia. Le permiten el paso y va al elevador. En el segundo piso se detiene y sale. Camina derecho a la oficina de su actual jefe. Por fortuna, no es el mismo de cuando era empleada de forma permanente.

Aquel hombre, Newman, luego del enfrentamiento que tuvo con ella, fue ascendido. Eso le indicó a Luna que su exjefe respondía al Anillo. Aquel fue el momento en que Luna decidió unirse al equipo de Ainara de manera definitiva: asumió que era la mejor forma de buscar justicia. Las instituciones estaban todas corrompidas.

Cuando llega a la puerta, golpea y escucha una voz del otro lado que le pide que pase.

—Buenas tardes, señorita Márquez —dice el hombre sentado a su escritorio—, es un gusto al fin conocerla.

—El gusto es mío, director Jones —contesta Luna mientras se acerca al escritorio.

El hombre se pone de pie y le extiende la mano. Ella se la estrecha. Es la primera vez que se ven frente a frente.

—Es una sorpresa tenerla por aquí —dice Jones—. ¿A qué se debe su visita?

—Hacía mucho tiempo que no venía a las oficinas —responde Luna— y quise pasar a saludar a un amigo de Legales. Como tenía que entregar el último perfil que me pidieron, aproveché para traerlo y de paso conocer a mi jefe en persona.

Es entonces cuando Luna saca de su chaqueta un pequeño dispositivo y se lo entrega al director.

—Lo traje en *pendrive* —explica ella.

El director mira el artefacto, que es más grande de lo común, y piensa que Luna debería actualizarse, que ese *pendrive* es una pieza arcaica. Luego lo inserta en su *notebook*.

BÚNKER, Manhattan
Miércoles, 26 de junio, 6:30 p. m.

—ESTAMOS EN LÍNEA —grita Andrew, saltando en su silla y me acerco a él—. Luna lo hizo.

Andrew tiene alrededor de diez segundos para hacer

su trabajo. Es lo que tardarán en bajar el archivo con el perfil que le habían encargado a Luna.

—Ya estoy dentro —dice—, gusano espía trabajando.

Al parecer, va todo como fue planeado. Luna logró que conectaran el dispositivo preparado por Andrew.

—Ya está —dice Andrew, apartándose de las pantallas con su silla de rueditas—. Ya quitaron el dispositivo, ahora debemos esperar.

CIA, Virginia
Miércoles, 26 de junio, 6:35 p. m.

JONES LE DEVUELVE el *pendrive* a Luna y ella lo guarda.

—¿No ha pensado en volver a incorporarse a nuestro equipo? —pregunta el director.

—Sí, lo he pensado —miente Luna para darle un poco de charla—, pero creo que estoy mejor así. Trabajo para más de una agencia, gano más dinero y tengo una vida.

—Bueno, si alguna vez se arrepiente —dice Jones—, no dude en hablar conmigo.

—Se lo agradezco —contesta Luna, poniéndose de pie—. Lo tendré en cuenta. Ha sido un gusto conocerlo.

—Lo mismo digo —contesta el director—. Espero verla por aquí de vuelta pronto.

Se despiden y Luna sale de la oficina. Mientras camina, espera que el tiempo que estuvo el dispositivo conectado haya sido suficiente. Ahora le toca la segunda parte.

Debe ir hasta Legales y buscar a la persona adecuada. Lo hace despacio; Andrew le dijo que debe darle tiempo al gusano para que recopile toda la información posible. Podría dar un par de vueltas para demorar más, pero sería sospechoso. Cuando al fin llega a la sección de legales encuentra a su amigo.

—¡Luna! —exclama el hombre, sorprendido—. ¿Qué haces aquí?

—Vine a saludarte, Martin —responde ella.

—¿En serio? —pregunta él, poniendo cara de no creerle.

—En realidad, solo en parte —se corrige Luna—. Vine a hacer un trámite y necesito pedirte un favor.

—Ya me parecía —contesta Martin—. ¿Qué necesitas?

—He tenido un problema en casa —improvisa Luna— y perdí todos los comprobantes de mis contratos; necesito recuperarlos. ¿Crees que podrías conseguirlos sin papeleo innecesario?

Al decir esto, Luna le extiende el dispositivo de Andrew.

—Eso tendrías que pedirlo en Administración —responde Martin.

—Lo sé —aclara Luna—, pero tú sabes lo que tardarán en entregármelos. Además, tú eres mi amigo, ellos no.

—Okey —dice el hombre, que toma el dispositivo y lo conecta a su ordenador—. No sé si tengo acceso a esa documentación.

—No te preocupes —dice Luna—. Haz lo que puedas, no tengo apuro.

BÚNKER, Manhattan
Miércoles, 26 de junio, 6:45 p. m.
—Entramos de nuevo —dice Andrew.
—¿Tenemos algo? —le pregunto.
—No lo sé —contesta Andrew—. Debo recuperar al gusano y descargar la información que haya encontrado; no tengo tiempo para revisarla.

El gusano espía que programó Andrew tenía la orden de buscar en el sistema toda información relacionada con HAARP. Es una pequeña inteligencia artificial capaz de reconocer y recolectar datos. No sabemos si el programa estuvo suficiente tiempo dentro del sistema como para lograr su objetivo.

—Ya regresó mi bebé con información —dice Andrew—. Solo unos segundos más para descargarla.

CIA, Virginia
Miércoles, 26 de junio, 7:00 p. m.

—Lo SIENTO, Luna —dice Martin, que va a quitar el dispositivo—. No tengo acceso.
—Espera —insiste ella, y él aparta su mano del aparente *pendrive*. No sabe cuánto tiempo necesita

Andrew para obtener la data y tiene que alargar aquello lo más que pueda—. Prueba entrar con mi vieja clave; tal vez aún siga funcionando.

—Lo dudo —dice el hombre.

—Déjame intentarlo —insiste ella.

—Okey —acepta él, separándose del escritorio. Le da espacio para que Luna ingrese su clave.

Ella se acerca despacio, tipea y aparece un aviso de clave incorrecta.

—Lo intentaré de nuevo —dice Luna, que sabe que lo único que conseguirá es tiempo—, creo que teclé mal.

La clave vuelve a ser rechazada.

—Me doy por vencida —dice ella—. Tendré que recurrir a la burocracia.

—Al menos lo intentamos —responde Martin, retirando el dispositivo, y se despiden.

Cinco minutos más tarde, Luna está saliendo del edificio y llama a Andrew.

—¿Y? —pregunta ella.

—Lo hiciste —le responde—. Nuestro amigo nos trajo mucha información; la estoy desencriptando para ver de qué se trata. Termina el trabajo en el coche.

Ella se apura a llegar hasta el vehículo y entra.

—¿Todo bien? —pregunta Junior apenas Luna se sienta.

—Parece que sí —contesta ella—. Ya veremos.

Luna recoge un ordenador portátil que le había preparado Andrew. Estaba encendido; era el que recibía la información desde el dispositivo y la enviaba al búnker. Solo que el dispositivo puede transmitir mientras se encuentra conectado. Así que lo inserta al USB y se activa de nuevo. Luna no sabe cuánta información le llegó a Andrew, ni cuánta quedó en el falso *pendrive*, pero ahora está transmitiendo todo lo que pudo conseguir el gusano.

—Ya está —dice Luna—. Hemos terminado.

7

SECRETOS ENCRIPTADOS

BÚNKER DE ANDREW, Manhattan
Miércoles, 26 de junio, 7:25 p. m.

EL AMBIENTE en el búnker es tenso. Andrew revisa la descarga final del gusano que infiltró en la red de la CIA, línea por línea, en busca de datos útiles. Adelanto el torso y golpeteo las rodillas con los dedos mientras intento mantener la calma. A mi lado, Peter se acomoda en el sofá; apoya el tobillo inflamado sobre un cojín, refuerza el vendaje y cruza los brazos sin apartar la vista de los monitores. Nadie rompe el silencio.

—¿Y bien? —pregunto en cuanto Andrew afloja los hombros y aparta las manos del teclado. Treinta minutos han pasado desde que Luna despachó el paquete; media hora interminable que nos mantuvo en vilo.

El zumbido de los servidores llena el búnker. Andrew

se vuelve hacia nosotros. La luz azul de los monitores proyecta ángulos afilados sobre su rostro cansado.

—El gusano rastreó doce referencias a HAARP en los últimos cuatro años —expone con voz grave—. Lo configuré para revisar cuatro *terabytes* de registros en orden cronológico inverso; con una hora adicional habría obtenido más coincidencias.

—Buen trabajo —reconoce Peter mientras se ajusta el vendaje de su tobillo—. ¿Qué nos llevamos?

—Menos de lo necesario. Nueve referencias aparecen solo en títulos de archivos sellados detrás de múltiples capas de cifrado y control de acceso. El código no alcanzó esas carpetas.

Contengo la impaciencia. Luna se jugó la vida; necesitamos más.

—¿Y las otras tres? —pido.

—Una auditoría de seguridad interna de la CIA de hace seis meses. Un informe del Departamento de Defensa, fechado dos años atrás, sobre la dirección científica del proyecto. Y un parte operativo que describe una alerta terrorista contra las instalaciones de Alaska hace tres años.

—¿Alguna línea concreta sobre la actividad en campo? —insisto, apoyando las manos sobre la mesa metálica.

—Ninguna. La auditoría cerró sin anomalías. El informe retrata a la directora como una persona cuya lealtad medioambiental supera la institucional; se recomendaba su cese. La amenaza resultó falsa alarma y el caso quedó archivado sin seguimiento.

Peter emite un gruñido. La pantalla muestra un gráfico de rutas de datos; unas líneas rojas marcan intentos fallidos de acceso.

—Si lo importante está en los archivos sellados, tocará otra incursión —murmura.

Una conexión se enciende en mi cabeza.

—Háblame de esa directora —ordeno—. Un perfil hostil al mando del HAARP no se archiva y se olvida.

Andrew vuelve a su estación y busca el nombre.

—Doctora Ingrid Weiss. Climatóloga germano-estadounidense. Publicaciones sobre modelado atmosférico, patentes sobre ionosondas portátiles. El informe dice: «Su pasión por la biosfera eclipsa su respeto por la jerarquía». Menciona lazos con círculos ecoterroristas; además, recomendaban retirarla del puesto.

—Si siguió al frente, ya tenemos posible cabecilla —apunta Peter con una media sonrisa.

Andrew amplía el expediente:

—La ficha familiar revela algo más. Ingrid es hija del doctor Sigfrid Weiss, climatólogo austríaco que emigró tras la guerra. De 1961 a 1967 participó en el Proyecto HARP, o High Altitude Research Project, sin la segunda «A».

Alain levanta la vista de su portátil.

—Contexto, por favor.

—HARP era un programa canadiense-estadounidense para lanzar proyectiles en trayectoria suborbital mediante supercañones —explica Andrew—. Defensa buscaba capacidad balística de alcance global. Algunos investigadores sostienen que el equipo probó técnicas de alteración atmosférica con explosiones en altura. Cuando el proyecto se detuvo, la financiación migró a estudios de ionosfera. Décadas después, nació HAARP. El parecido de nombres parece deliberado.

—Si conseguimos el testimonio de alguien que trabajó allí, tendríamos un hilo sólido —propone Alain.

Andrew niega despacio.

—El doctor Weiss murió en un accidente de tráfico bajo circunstancias dudosas. El director general del programa, Gerald Bult, apareció con cinco impactos de bala en Bruselas. Caso cerrado sin autor identificado.

Respiro hondo, trato de hilar la información.

—Dos generaciones mezcladas en climatología y defensa. Si la hija continuó el trabajo, tiene sentido que dirija una instalación capaz de alterar la ionosfera.

—Voy a Alaska y le pregunto en persona —dice Peter, golpeando el reposabrazos.

Observo su tobillo inflamado.

—Con ese pie ni siquiera vas a caminar hasta la puerta. Alain tomará el relevo.

Andrew alza la mano en señal de alto.

—Tenemos otro obstáculo. HAARP figura ahora bajo la Universidad de Alaska. No hay rastro de la doctora Weiss en su plantilla ni en registros de contratistas.

—Entonces, opera en la sombra —deduzco—. Encuéntrala.

—Dame unos minutos —contesta Andrew y lanza otra batería de consultas.

Saco el móvil y le marco a Freddy.

—El FBI quizás tenga pistas si la CIA la considera un riesgo —comento, alejándome unos pasos.

Mientras aguardo tono, contemplo los monitores parpadeantes. Las respuestas que obtenemos abren más pasillos de incertidumbre, pero la ruta ya está trazada. No pienso detenerme hasta ensamblar el cuadro completo, por arduo que resulte.

8

ENCUENTRO EN EL BAR

PISO DE AINARA, Manhattan
Miércoles, 26 de junio, 8:45 p. m.

YA NO TENGO MUCHO para hacer en el búnker. Hemos llegado a un punto muerto desde el cual no podremos avanzar. Logramos bastante en un día y forzarnos ahora solo produciría frustración. Luna y Junior viajan de regreso a Nueva York, y con Freddy no he conseguido comunicarme. Decidimos regresar cada uno a nuestro refugio. Mañana el amanecer quizás traiga nuevas perspectivas. Camino con Bob hasta mi piso. Mi perro se mueve con alegría contenida; disfruta del búnker, pero su verdadero territorio es mi cama.

El teléfono vibra en mi bolsillo apenas cruzo el umbral.

—Hola, Ainara —la voz de Freddy suena tensa al otro lado de la línea. Nuestro trabajo no conoce horarios;

cuando crees que has terminado, todo vuelve a comenzar
—. Disculpa que no pude responderte antes. ¿Tienes alguna novedad?

—Sí —contesto mientras me hundo en el sofá de la sala y libero mis pies de las botas tácticas—, pero más que novedades, tengo preguntas. Quizás puedas ayudarnos.

—Dispara, Ainara —responde Freddy, siempre dispuesto.

—Doctora Ingrid Weiss —pronuncio cada sílaba con precisión—. Fue directora del proyecto HAARP en Alaska. Averigua todo lo que puedas sobre ella, principalmente dónde se encuentra en este momento.

—Weiss, HAARP, entendido —confirma Freddy—. ¿De qué se trata esto con exactitud?

El aire acondicionado emite un zumbido constante desde el techo, y Bob se tumba a mis pies, aprovechando la franja más fresca del suelo.

—Creemos que esta mujer podría estar implicada en el control del clima —le explico mientras masajeo mis sienes—. Son solo hipótesis, pero es lo único que tenemos. La CIA parece tener información al respecto, al menos eso es lo que Luna extrajo de Langley. Quizás el FBI también maneje algún dato. ¿Conoces algo sobre HAARP?

—Vaya, no sé nada de eso —confiesa Freddy—. Veré qué puedo encontrar. Lo que sí te puedo decir es que dimos con Capoeira. Por eso no pude contactarte antes, estuve en su interrogatorio. Se niega a hablar y lo rechaza todo. ¿A ustedes les reveló algo?

—Mencionó que lo contrató una organización —

respondo mientras observo la ciudad iluminada a través de la ventana—. Sospechamos que podrían ser ambientalistas. Andrew está investigando esa pista.

—Bien —dice Freddy, y su voz se torna más grave—. Si surge algo, te avisaré. Una cosa más: dile a nuestra amiga que se deshaga del arma que utilizó hoy. Los médicos extrajeron la bala de la pierna del brasileño y Balística la está analizando.

—No te preocupes por eso —contesto con confianza calculada—. Sabes que nuestras armas son irrastreables.

Cuelgo y clavo la vista en la pared desnuda del búnker. Este caso ha superado todo lo que hemos visto en años de trabajo: no hay cliente, no conocemos al autor, ignoramos el procedimiento y ni siquiera podemos asegurar que exista un delito tipificado. Nuestras hipótesis flotan sobre fragmentos imposibles de contrastar. Solo el hackeo a la red eléctrica figura como hecho incontrovertible.

Quizás el FBI disponga de pruebas que confirmen nuestras sospechas, pero si no logramos algo sólido pronto, nos veremos obligados a archivar la investigación. No quiero llegar a ese punto, aunque cada pista se cierra y el inventario de puertas que quedan por llamar mengua con rapidez. Confío en que una se abra antes de que el tiempo nos obligue a dar la retirada definitiva.

Oficinas del FBI, Manhattan
Miércoles, 26 de junio, 9:25 p. m.

· · ·

Apenas corta la comunicación con Ainara, Freddy despliega su portátil y comienza la búsqueda. Esta noche se ha quedado en la oficina después de interrogar al *hacker* en el hospital, tras la operación. Solo ahora ha podido regresar para completar el papeleo. Podría dejarlo para mañana, pero hay detalles que necesita organizar con urgencia. Principalmente, debe justificar cómo localizaron al *hacker* sin mencionar a su equipo extraoficial.

Además, si no surgen complicaciones posoperatorias, mañana trasladarán al brasileño a estas mismas instalaciones. No cuentan con más pruebas que las proporcionadas por Andrew, y esas no son admisibles de manera oficial. Para mantener detenido a ese hombre, necesita construir un caso más sólido del que tienen hasta ahora.

Cuando pensaba que solo le quedaba resolver este asunto, la petición de Ainara lo obliga a posponer todo.

—Esta noche será larga —murmura en la soledad de la oficina, donde todo es silencio ahora.

Accede al sistema y teclea el nombre de la doctora Weiss. De inmediato, aparece en la lista de fugitivos buscados. Intenta ingresar en su expediente, pero se enfrenta a un «ACCESO DENEGADO» en letras rojas. La sorpresa lo invade. Como jefe de la oficina de Nueva York del FBI, ¿cómo es posible que se le niegue acceso al archivo de un prófugo? No necesita reflexionar mucho para entender que hay algo grande detrás de este caso.

Busca entonces a través de HAARP, esperando encontrar alguna referencia indirecta sobre Weiss. Nada. El FBI no tiene registros sobre el programa HAARP y no puede acceder a los cargos contra Weiss. Permanece pensativo, tamborileando con los dedos sobre el escritorio.

—Si el FBI no tiene acceso a la causa contra Weiss, ¿quién lo tiene? —se pregunta en voz alta.

Repasa mentalmente las otras agencias de seguridad que podrían estar involucradas. La respuesta emerge con claridad. Ainara había sido explícita: la CIA tenía información sobre ella. Es muy probable que haya sido aquella agencia la que acusó a Weiss de algo demasiado sensible para hacerse público. La mayoría de los casos abiertos por la CIA comparten el mismo estatus: archivo confidencial. Solo a través de ellos podrá obtener respuestas.

El momento de cobrar un favor ha llegado. Toma su teléfono y marca un número que preferiría no tener que usar.

—Hola, Kessler —dice Freddy con voz firme pero cautelosa—. Tenemos que hablar.

Un bar en Brooklyn, Nueva York
Miércoles, 26 de junio, 10:30 p. m.

—Lindo lugar elegiste, Tanaka —comenta Kessler, sentado a la barra con una cerveza entre sus dedos. Lleva un traje y sobretodo negro, completamente inadecuado para el calor sofocante de la noche. Pero bajo ese abrigo puede ocultar un arsenal sin levantar sospechas. Es un hombre de unos cincuenta años, con cabello negro corto y una barba incipiente que delata sus canas.

—No se me ocurrió otro —responde Freddy ocupando el taburete contiguo—. Es el último sitio donde nos encontramos. Pensé que sería apropiado.

Kessler sonríe. Su sonrisa nunca llega a ser amistosa; con suerte, cómplice, pero invariablemente amenazante. La cicatriz casi imperceptible que cruza su labio superior se tensa.

—Solo que aquella vez cubriste cierto error que pude haber cometido —continúa Kessler, yendo directo al punto—. Siento que estás intentando que lo recuerde por algún motivo especial.

El agente de la CIA sabe que este no es un encuentro social; ni siquiera son amigos. Freddy le hizo un favor crucial en su momento, y ahora ha llegado la hora de devolverlo.

—La realidad es que necesito acceso a información que maneja la CIA relacionada con un caso que estoy investigando —explica Freddy, manteniendo la voz baja.

Sabe que Kessler es un hombre de acción, peligroso y del que no se puede fiar demasiado. De hecho, lo conoció en un operativo en el que aparecieron cadáveres con signos de violencia innecesaria. Como las víctimas no eran precisamente inocentes y existe cierta flexibilidad cuando se trata de agencias hermanas, Freddy movió algunos hilos para que Kessler no fuera imputado. Un agente de la CIA dispuesto a colaborar vale más que uno tras las rejas. Los intercambios de favores suelen beneficiar a ambas partes, así que Freddy ha decidido asumir el riesgo, confiando en que Kessler lo ayudará si no lo compromete demasiado.

—¿Qué caso es ese? —inquiere el hombre de la CIA, buscando extraer su propia cuota de información.

—Se trata del atentado a Nueva York que nos dejó a oscuras —explica Freddy, observando cómo la luz amarillenta del bar proyecta sombras inquietantes sobre el rostro de Kessler.

—¿Pero eso no fue culpa de la tormenta? —pregunta Kessler fingiendo ingenuidad.

Freddy sabe que la CIA debe estar al corriente del hackeo. Quizás fueron los primeros en detectar los ataques informáticos a escala mundial.

—Por si aún no te has enterado —explica Freddy siguiendo el juego—, la red eléctrica fue hackeada y sobrecalentada de forma deliberada. Eso hizo que atrajera los rayos que terminaron destruyendo la infraestructura. Capturamos al *hacker* y parece estar vinculado con alguien a quien el FBI, por algún motivo que desconozco, no tiene acceso. Es una mujer con orden de arresto cuyo expediente está clasificado.

—¿Y quién es esta misteriosa mujer? —pregunta Kessler, girando lentamente su vaso.

—La doctora Ingrid Weiss —revela Freddy—. Dirigió el proyecto HAARP hace algunos años. Quiero saber qué hizo para convertirse en fugitiva y, sobre todo, dónde se encuentra ahora.

La expresión de Kessler cambia sutilmente. Un músculo en su mandíbula se tensa.

—¿Con que HAARP, eh? —dice en un tono que Freddy no logra descifrar—. Tratándose de rayos y tormentas, que me preguntes por el HAARP puede tener implicaciones peligrosas. Te sugiero que no sigas ese camino, amigo. HAARP está bajo la jurisdicción de DARPA, lo que significa que el FBI no tiene autoridad allí.

—¿Puedes darme la información que te pedí o no? —insiste Freddy—. No te pregunté sobre HAARP, solo sobre la doctora.

Necesita aclarar rápidamente la diferencia. Si la CIA está al tanto de las actividades de HAARP y las protege, no obtendrá nada por ese camino. En cambio, si la doctora ya no trabaja allí y además está prófuga, quizás con ella tenga más suerte.

Kessler toma un sorbo de cerveza y lo considera un instante. La música del bar apenas disimula la tensión entre ambos.

—No será tan fácil —responde finalmente—. Todo lo relacionado con ese tema está clasificado como alto secreto.

—Si fuera fácil, no estaríamos aquí —replica Freddy con firmeza—. A este tugurio solo venimos cuando hay algo «complicado» que resolver.

Al pronunciar la palabra «complicado», Freddy enfatiza su significado. Sabe que Kessler comprende la deuda pendiente, pero no está de más recordárselo.

—De acuerdo, Tanaka —contesta el hombre de la CIA, terminando su cerveza de un trago—. Si encuentro algo, te lo haré saber.

Kessler se levanta y se marcha. Su silueta oscura se recorta contra la puerta antes de desaparecer en la noche neoyorquina. Solo entonces se acerca el cantinero a Freddy.

—¿Qué va a tomar?

—Lo mismo que él —dice Freddy, señalando la puerta por donde acaba de salir Kessler. Esta noche, un trago no le vendrá mal. Mientras observa el líquido ámbar en su vaso, se pregunta si acaba de abrir una puerta o de meterse en una trampa sin salida.

9

RASTRO DIGITAL

BÚNKER DE ANDREW, Manhattan
Jueves, 27 de junio, 10:20 a. m.

HOY VUELVO al búnker de Andrew con Bob. Tengo el presentimiento de que pronto tendré que viajar y quiero tener a mi bestia negra el mayor tiempo posible conmigo. Solo espero que el destino sea Alaska y no Rusia. En Alaska al menos estaríamos en territorio americano, donde podría recibir ayuda de Freddy si fuera necesario. Si acabamos en Rusia, estaríamos solos. Aunque Peter y Alain tienen contactos en todo el mundo que podrían abastecernos, hay países particularmente hostiles hacia nuestras actividades, y Rusia encabeza esa lista.

Andrew sigue inmerso en su búsqueda de los *hackers*. Se le ve concentrado, con esa mirada intensa que adopta cuando ha captado una pista que nadie más puede ver. Es nuestro sabueso digital. Si alguien puede encontrar a quien contrató a los *hackers* antes que la policía o los federales, ese es Andrew. Los demás ya han llegado también y permanecen expectantes, aguardando novedades. El único ausente es Freddy, quien acaba de llamar hace unos minutos. Lo pongo en altavoz para que todos escuchen.

—Puede ser que tengan razón —dice sin preámbulos, su voz resuena como el metal a través del altavoz.

—¿En qué? —pregunto, sintiendo cómo mi pulso se acelera ligeramente.

—En todo —contesta, y esa simple palabra me confirma que nuestras sospechas no eran meras fantasías —. En primer lugar, la doctora Ingrid Weiss es en efecto una prófuga de la justicia norteamericana. Tu intuición respecto a ella, Ainara, parece haber dado en el clavo.

Me inclino hacia el teléfono, ávida de información.

—¿Qué fue lo que hizo?

—Ese es otro dato importante. —La voz de Freddy cobra un tono más grave—. No lo sé. Sus archivos están clasificados como ultraconfidenciales, y ni siquiera el FBI tiene acceso completo a ellos. Ya me he topado con estos muros de silencio antes, y todo indica que esta mujer trabajó en algún proyecto secreto del Gobierno. Solo eso explicaría el hermetismo absoluto en torno a su persona.

—Es algo —digo, sintiendo un leve desinfle en mi entusiasmo inicial—, pero no es mucho.

—Eso no es todo —aclara rápido Freddy—. Consulté con un contacto de la CIA; ellos siempre están detrás de estos proyectos encubiertos. Aunque todavía no me han proporcionado información concreta, deberían haber visto su reacción cuando mencioné la palabra HAARP.

Sin decirlo de modo explícito, prácticamente me confirmó que ese proyecto está relacionado con el control del clima. Así que en eso también tenían razón: no es solo una teoría conspirativa descabellada, existe una base verídica.

Siento una oleada de certeza expandiéndose por mi pecho. La sensación que había tenido ante las primeras palabras de Freddy ahora se intensifica, como si cada pieza del rompecabezas comenzara a encajar lentamente. Dirijo mi mirada hacia Peter, el más escéptico del grupo. Su rostro permanece impasible, pero puedo ver en sus ojos que está procesando la información, reconociendo en silencio que nos había subestimado.

—Le pedí a mi contacto los informes sobre la acusación contra Weiss —continúa Freddy— y su ubicación actual.

—Si es una prófuga —interviene Junior, cruzándose de brazos—, no deben tener su ubicación. Ya la habrían arrestado.

—No necesariamente —responde Freddy con ese tono paciente que reserva para explicaciones técnicas—. La CIA tiene una forma muy particular de operar. Conocer su ubicación y arrestarla son asuntos distintos. Tal vez está siendo protegida por alguien intocable para ellos. Pero para nosotros, nadie es intocable. Si ellos saben dónde está, iremos por ella.

Me inclino más hacia el teléfono.

—¿Cuándo tendrás esa información?

—No puedo precisarlo —contesta—. Es algo extraoficial, así que dependerá de la habilidad de mi contacto. Y créanme, es alguien muy hábil... peligrosamente hábil.

Esa última frase me crea un escalofrío sutil, pero tengo plena confianza en el criterio de Freddy. Si la situación es delicada, él sabrá gestionarla. Nos despedimos y termino la llamada. Debemos seguir esperando, pero al menos ahora ya no perseguimos fantasmas. Estamos tras alguien real que, con creciente probabilidad, es la responsable de los ataques.

El silencio se apodera del búnker. Cada uno procesa la información a su manera. El viaje relámpago de ayer a Virginia ha dejado a Luna y Andrew visiblemente agotados. Peter permanece malhumorado, consciente de que su lesión en el tobillo lo mantiene fuera de acción, lo cual, para alguien como él, es una tortura. Alain ha salido a buscar comida; ninguno ha desayunado, así que todos esperamos su regreso con creciente impaciencia.

De repente, Andrew se incorpora en su silla como si hubiera recibido una descarga eléctrica.

—Los tengo —anuncia, estirando los brazos hacia el techo en un gesto triunfal.

Sus ojos están enrojecidos por las horas frente a la pantalla. Me pregunto si habrá dormido siquiera un minuto desde anoche.

—¿Qué tienes? —pregunta Peter desde el sillón donde reposa con el pie elevado.

La hinchazón de su tobillo ha disminuido de forma considerable gracias a los antiinflamatorios, pero la frustración en su rostro delata que sabe que necesita reposo para recuperarse por completo.

—Tengo a los ambientalistas que contrataron a los *hackers* —explica Andrew con evidente satisfacción—. Primero tuve que identificar al menos a tres *hackers* alrededor del mundo que participaron en el ataque a las redes eléctricas. Por fortuna, todos eran novatos, así que las autoridades de cada país ya habían dado con la mayoría.

—¿Novatos? —interviene Luna, frunciendo el ceño—. ¿Por qué una operación tan sofisticada y de tal envergadura contrataría novatos?

Todos me miran instintivamente, buscando una respuesta, pero yo desvío la mirada hacia Andrew. Él se encoge de hombros y prosigue.

—Una vez que obtuve los nombres —dice—, pude rastrear a quién los contrató. Además de Greenpeace, existen tres organizaciones con sedes en cada uno de esos países. Comencé investigando a la más radical, «Fuerza Natural». Son los mismos que atacaron obras de arte en museos hace unos años, y adivinen qué...

—Ellos contrataron a los *hackers* —completa Luna sin titubear.

Andrew deja caer los hombros, visiblemente frustrado.

—A veces eres una auténtica aguafiestas, Luna. Cuando no me haces preguntas imposibles de responder, me arrebatas el momento de la revelación.

—Vamos, Andrew —interviene Junior, impaciente—. Déjate de dramatismos y continúa con lo que has descubierto.

Andrew suspira teatralmente antes de retomar su explicación.

—Cuando quieres contratar a un *hacker* —explica—, solo necesitas dejar correr el rumor en las redes. No en las convencionales, sino en foros específicos donde el anonimato es sagrado. Rastreé los seudónimos que iniciaron la búsqueda y todos me condujeron a esa organización. Fue una operación coordinada durante el último mes y, lo mejor de todo, su sede central está aquí mismo, en Nueva York. Si queremos saber quién está realmente detrás de esto, deberíamos empezar por allí.

—Vuelvo a mi pregunta anterior —insiste Luna, reclinándose en su silla—. Primero contratan novatos y lo hacen de manera descuidada. No estoy menospreciando tu trabajo, Andrew, sabes que valoro muchísimo tu talento, pero ¿no te pareció demasiado fácil descubrirlos?

—Ahora que lo mencionas, sí —admite Andrew tras un momento de reflexión—. Fueron sorprendentemente descuidados. Entiendo ahora tu pregunta inicial y veo dos posibles escenarios: uno, lo hicieron de forma deliberada para que los encontráramos, lo cual carece por completo de sentido; nadie ejecuta un plan así para ser atrapado. Y dos, quizás fue algo improvisado, realizado por personas sin experiencia en operaciones clandestinas.

—Eso tiene más lógica —asiento, sintiendo cómo las piezas encajan con mayor claridad—. Fuerza Natural puede ser radical en su ideología, pero no son criminales profesionales. Es comprensible que cometan errores de este calibre. Las cosas comienzan a aclararse. Haremos una visita a estos amigos del medioambiente. Ellos nos confirmarán si nuestras teorías son acertadas. Si logramos vincular los ataques cibernéticos con la doctora Weiss, solo tendremos que esperar a que Freddy nos proporcione su ubicación.

Peter me mira con ese escepticismo que nunca abandona del todo.

—¿Y si los ambientalistas no saben nada de Weiss? ¿Qué haremos entonces?

Sostengo su mirada con calma.

—Ya improvisaremos. Si no es ella, será alguien más. Pero estoy convencida de que vamos por el camino correcto.

La puerta del búnker se abre y aparece Alain, cargado con bolsas de comida. El aroma a café recién hecho y *bagels* calientes invade de modo instantáneo el espacio. Mi estómago ruge, recordándome que no he probado bocado desde anoche. Pero ni siquiera el hambre puede distraerme ahora. Mi mente ya está trazando el plan para nuestra próxima jugada. La visita a Fuerza Natural podría ser la pieza definitiva que necesitamos para desenmascarar a quienes están detrás de estos ataques.

Y si mi intuición es correcta, la doctora Weiss está en el centro de todo esto. Solo es cuestión de tiempo antes de que la encontremos.

10

EL VÍNCULO WEISS

SEDE DE FUERZA NATURAL, Manhattan
Jueves, 27 de junio, 12:10 p. m.

ME ENCUENTRO en la sede de los ambientalistas con Junior. Su falsa identidad como asistente del fiscal de distrito nos abrirá puertas, una estrategia que nos ha funcionado innumerables veces. Alain regresó con el desayuno y, tras devorar unos emparedados mediocres que apenas calman nuestra hambre, nos ponemos en marcha.

Las oficinas de Fuerza Natural se encuentran en un imponente edificio comercial en pleno distrito financiero de Manhattan. No es precisamente donde esperaría encontrar a una organización ambientalista. Esta zona respira dinero por cada poro de concreto y cristal; aquí el ambientalismo queda relegado frente al poder del capital. Este detalle me hace sospechar que estos activistas reciben fondos de alguien con influencia. No de un filántropo idealista obsesionado con salvar ballenas, sino de alguien que espera obtener rédito económico de toda esta operación.

Antes de venir, investigamos a fondo la organización. Tal como Andrew había señalado, es la más radical de su tipo. Parece legítima, aunque conducida por extremistas. Su director, Sam Rodríguez, acumula acusaciones por allanamiento ilegal, usurpación de espacios públicos, altercados violentos y desacato a la autoridad. Ningún delito grave en realidad, pero su historial dibuja el perfil de un agitador profesional que, sorprendentemente, jamás ha pisado una celda. Por eso me desconcierta encontrarlos en un lugar tan exclusivo. Algo no encaja en este rompecabezas.

—Mantente cerca y alerta —le advierto a Alain antes de bajar del vehículo—. Entrar no supondrá problema, es la salida lo que me preocupa.

Alain asiente mientras comprueba el retrovisor.

—¿No crees que cooperen por las buenas, verdad?

—Lo dudo mucho —respondo, ajustándome la chaqueta para ocultar mejor mi arma—. Si todo transcurre sin complicaciones, saldremos caminando y las alarmas sonarán cuando ya estemos lejos. No habrá inconvenientes.

—¿Y si las cosas hacen...? —Alain deja la pregunta en suspenso—. ¿Ruido?

—Entonces, tendremos cuatro minutos para bajar —respondo, haciendo un cálculo mental—. La comisaría más cercana está a diez calles. Con el tráfico de esta zona, tardarán al menos cinco minutos en llegar.

Nos queda un minuto de margen. Estaremos bien. Solo tú...

—Sí, sí, estaré en la puerta —completa mi frase con un gesto de impaciencia mientras detenemos el coche.

El vestíbulo del edificio rezuma opulencia empresarial. El mármol pulido refleja nuestros rostros mientras nos anunciamos en la recepción. Nos hacen esperar unos minutos mientras realizan una llamada de verificación. Por último, nos indican el elevador que debemos tomar. Observo las cámaras de seguridad, estratégicamente ubicadas, al momento de subir. No será difícil que nos identifiquen después si las cosas se complican.

Al llegar al cuarto piso, las puertas del elevador se abren, revelando un panorama completamente distinto. Afiches ecologistas cubren las paredes, los que anunciaban desde la protección de los océanos hasta la lucha contra el cambio climático. El ambiente es muchísimo más relajado que el frío *lobby* corporativo de la planta baja. A diferencia de los trajes impecables que dominan este distrito, aquí abundan los *jeans* desgastados y camisetas con eslóganes llamativos. Mientras recorro el lugar con la mirada, comprendo que no es solo una oficina, sino que ocupan todo el piso.

—Deberían dedicar más dinero a salvar el planeta que a rentar un espacio como este —murmura Junior, dándole voz a mis pensamientos con exactitud.

Permanecemos de pie en el corredor. Observo a varias personas ir y venir con sonrisas cómplices, pero nadie se acerca a recibirnos. De repente, un hombre joven y musculoso sale de una oficina cercana. Su camiseta, tan ceñida que parece pintada sobre su torso, exhibe el eslogan «La Tierra no espera».

—Disculpen —nos dice con una sonrisa ensayada—. Me informaron que vienen de parte del fiscal de distrito. ¿En qué puedo ayudarlos?

—Mucho gusto —responde Junior, extendiendo una mano, la que el joven estrecha de inmediato—. Soy el doctor Petrocelli y ella es mi asistente, la señorita Malfoy. Tenemos un asunto delicado que tratar y necesitamos hablar con la persona a cargo de esta organización.

—Bueno —dice el joven, enderezándose ligeramente —, mi nombre es Norman Buchanan y soy el encargado de relaciones institucionales. Supongo que pueden hablar conmigo.

Junior se acerca unos centímetros y baja el tono de voz de modo perceptible, como si estuviéramos rodeados de oídos indiscretos.

—Mira, muchacho —dice con una autoridad calculada—. Vine en persona para intentar evitar un allanamiento policial. Creo que debería hablar con el director de esta organización, el señor Rodríguez. Si no es posible, tendré que retirarme y dejar que los uniformados procedan. Así que toma una decisión rápido, porque el tiempo apremia.

El musculoso Norman nos examina de forma breve con una mirada que intenta ser intimidante pero que apenas disimula su inquietud. Extrae su móvil, se aparta unos pasos y realiza una llamada en voz baja. Tras unos segundos, regresa con una sonrisa más tensa.

—No hay problema —anuncia—. Sam los atenderá ahora mismo. Síganme, por favor.

Caminamos tras él hasta una puerta que, al abrirla, revela un tramo de escaleras. El joven comienza a subir y cruzo una mirada significativa con Junior. No alquilan un piso, sino dos. La situación se vuelve más interesante por momentos.

Al alcanzar el nivel superior, Norman pasa una tarjeta magnética por la cerradura electrónica. El suave pitido de la puerta al desbloquearse confirma mis sospechas: la seguridad aquí es notablemente más estricta que en el piso inferior. Al entrar, el contraste es evidente. Este espacio exhibe un orden clínico, casi militar, que contradice por completo la atmósfera bohemia de abajo. Un hombre trajeado nos espera con postura rígida.

—Está bien, Norman —dice con voz grave—. De aquí continúo yo.

El musculoso se aleja por el pasillo principal. El de traje levanta la mano y avanzamos. El bulto bajo su americana es una pistola, calibre compacto. Esto deja de parecer una simple recepción. La cerradura electrónica es estándar de oficina; la escolta armada indica infraestructura crítica.

Rebasamos un corredor alfombrado. Luces led empotradas junto al zócalo ofrecen una iluminación neutra, suficiente para las cámaras. Nos detenemos ante una puerta de roble oscuro. Después de dos golpes secos, una voz segura autoriza el acceso. Entro primero.

Rodríguez se inclina en un sillón ejecutivo, posando sus zapatillas de edición limitada sobre un tablero de cristal. Aparenta relajación, pero no pestañea. Verifico las salidas: una puerta lateral con cerradura electrónica, una escalera de incendios tras un panel rotulado como «Archivo», cámaras en las esquinas.

—¿Qué quieren ahora? —pregunta sin incorporarse —. Este acoso terminará en demanda contra ti y tu fiscal.

Su ropa imita la plantilla del piso inferior, pero cada prenda revela estatus: pantalones de diseñador, camiseta cara, reloj de titanio. Millonario jugando a revolucionario.

—Señor Rodríguez —empieza Junior con voz templada, justo cuando el escolta cierra la puerta—, venimos a evitar que esto crezca sin control.

—Basta de amenazas —replica Rodríguez, bajando los pies con golpe estudiado—. No pienso callar.

—Precisamente, buscamos que hable —responde Junior sin subir el tono.

Rodríguez nos evalúa. Se inclina hacia delante, resignado.

—Terminen. Estoy ocupado. ¿Qué necesitan?

—El FBI tiene bajo custodia a Paulo Santos, alias Capoeira —dice Junior. Observo un ligero parpadeo en Rodríguez—. Aceptó un encargo para derribar la red eléctrica de Nueva York. Lo vinculó a su organización.

—Mentira —interrumpe. Recupera el aplomo—. Fue la naturaleza. El planeta responde, y si el Congreso no actúa, la furia será peor.

El discurso me cansa.

—Capoeira nos entregó su nombre —digo, situándome un paso más cerca—. Rastreo simple. Declaró que un intermediario suyo pagó la operación y otras en varios países. Usted es quien coordina. Coopere y su firma tendrá margen. Resista y caerá solo.

Procesa sus opciones. Hace un amago hacia el teléfono. Salto a la mesa, bloqueo su muñeca izquierda y presiono su tráquea con el antebrazo.

—Quieto. ¿Quién está detrás?

—Fiscal y… —farfulla y forcejea—. ¿Quiénes son?

—Quienes pueden romperte el cuello si no contestas. —Aprieto.

Busca ayuda con la mirada. Junior sostiene mi gesto.

—Haz lo que dice —advierte él con calma, sacando la pistola.

Rodríguez cede.

—Es Weiss —contesta—. La doctora Ingrid Weiss financia todo. Yo solo gestiono la fachada.

—¿Ella paga este lugar? —Relajo un poco la presión.

—Sí.

—Ubicación.

—No la sé. Hace dos años que no se presenta. Solo recibo transferencias, llamadas cifradas.

Lo suelto. En el pasillo resuenan pasos; llegan tres armados. Disparo en doble *tap*, Junior remata. Caen antes de responder.

—Hora de salir —dice Junior mientras repone el cargador.

Rodríguez tose, palidece. No obtendremos más ahora. Retrocedo hacia la puerta cuando escucho sirenas. Abro fuego sobre la cerradura de la escalera y descendemos. Norman, el portero corpulento, aparece en la curva; Junior lo derriba de un culatazo limpio. Continuamos.

En planta baja, dos policías se cruzan en nuestro ángulo. Llevamos nuestras pistolas a sus sienes, los usamos de escudo hasta el vestíbulo: el personal y los transeúntes se dispersan. A través del cristal llega el sedán negro de Alain. Soltamos a los agentes y corremos.

—Pensé que tenía sesenta segundos —murmura Alain mientras aceleramos.

—Los de tránsito tuvieron mala suerte —contesto, revisando el cargador.

Tomamos calles secundarias. Las sirenas quedan atrás.

—¿Consiguieron algo? —pregunta Alain.

—Confirmamos a Weiss —informo, enviando un mensaje cifrado a Andrew—. No conocemos su paradero, pero es la autora.

—¿Es algo creíble? —pregunta Junior limpiando su culata.

—Rodríguez tragó saliva antes de hablar —respondo —. No miente sobre el nombre. Falta la firma digital, pero la hallaremos.

El móvil vibra. Es un mensaje de Andrew: «Tiroteo en distrito financiero, varias bajas. ¿Ustedes?». Respondo: «Confirmado Weiss. En ruta. Activa protocolo sombra. Alerta a Peter y Luna. Coordina con Freddy».

Alain gira por un callejón y dejamos atrás el ruido. Manhattan se reduce en el retrovisor. Sabemos quién mueve las piezas; también ella sabrá que vamos. El tablero se ha despejado: la próxima jugada será localizar a la doctora Ingrid Weiss y averiguar cuánto poder tiene para permanecer oculta mientras opera a escala continental. El reloj corre.

11

LA SOMBRA DEL PROTECTOR

EN LAS CALLES del distrito financiero, Manhattan
Jueves, 27 de junio, 12:30 p. m.

EL AIRE acondicionado del coche apenas disipa el calor abrasador que se filtra por las ventanillas. Mis dedos tiemblan ligeramente mientras marco el número de Freddy. La adrenalina del tiroteo aún pulsa en mis sienes como un martillo neumático.

—Hola, Freddy. —Mi voz suena más tranquila de lo que yo me siento—. La situación se salió de control y quedaron varios cadáveres desperdigados como muñecos rotos.

—Diablos. —La voz de Freddy cruje con tensión en el auricular—. ¿Ustedes están bien?

—Físicamente, sí —respondo mientras observo a Junior conducir con la mandíbula tensa—. El problema es que nos deben haber captado varias cámaras. Junior está...

No necesito terminar la frase. Junior me dedica una mirada fugaz. Se aferra al volante y sus nudillos se han puesto blancos. Hasta ahora, él y Luna eran los únicos del equipo cuyas fotografías no presidían un tablón de «Se busca». El cadáver que dejamos enfriarse en la oficina de Rodríguez ha cambiado ese equilibrio: Junior tendrá que sumergirse en la clandestinidad y borrar todo rastro de su identidad pública. Es una complicación que no podemos permitirnos, aunque viene incluida en el oficio. Hoy eres un ciudadano respetable; mañana te acuestas con un ojo abierto, una pistola cargada bajo la almohada y un pasaporte falso en el bolsillo interno de la chaqueta.

—Ya voy para la dirección que me pasó Andrew —dice Freddy sin dudar—. Intentaré cubrirlo. ¿Qué tan mal está la escena?

—Un baño de sangre —resumo—. Y hay testigos.

Termino la conversación y guardo el móvil. Junior me sorprende con una sonrisa tensa pero genuina.

—No te preocupes, Ainara —dice mientras se incorpora al denso tráfico de Manhattan—. Bastante me la he llevado de arriba hasta ahora. Si se acaba la comodidad, se acaba. Ya sabía que este día llegaría.

El sol rebota contra los rascacielos de cristal, creando destellos que parecen señales de advertencia. Pienso en lo absurdo de nuestra situación: dos personas que acaban de dejar un rastro de muerte, discutiendo sobre ello como si hablaran del mal tiempo. Pero así es nuestra vida ahora, normalizar lo innombrable.

—Tienes familia —le digo—. No es lo mismo que para mí.

—Precisamente, por eso hago esto —responde, y por un instante veo en sus ojos algo que nunca había notado antes: un abismo de determinación—. Para que ellos tengan un mundo donde vivir.

SEDE DE FUERZA NATURAL, Manhattan
Jueves, 27 de junio, 1:00 p. m.

EL EDIFICIO de Fuerza Natural está ahora rodeado por un avispero de luces rojas y azules que tiñen la fachada como en una discoteca macabra. Freddy atraviesa la cinta policial amarilla con paso decidido, flanqueado por dos agentes. El olor metálico de la sangre flota en el aire,

—Soy Tanaka —dice Freddy mostrando su credencial de jefe de departamento del FBI al hombre que claramente dirige la orquesta del caos. Un detective de unos cincuenta y tantos años, con el rostro curtido por décadas de ver lo peor de la humanidad. Su traje arrugado habla de una jornada que ya era larga antes de que sonara su radio con la noticia de este tiroteo.

—Soy el detective Rivers —responde el policía, estrechándole la mano con un apretón firme pero cauteloso —. Que rápido llegaron. La sangre apenas ha tenido tiempo de secarse.

—Fuerza Natural es parte de una investigación

federal —improvisa Freddy con la fluidez de quien ha construido mentiras bajo presión toda su vida profesional. Hace apenas diez minutos, mientras se dirigía hacia aquí, había incorporado esta organización al expediente de Capoeira, fabricando una conexión inexistente pero plausible. En un juicio, esta maniobra podría hacer que el caso se viniera abajo como un castillo de naipes, pero Freddy juega al ajedrez en tres dimensiones: lo importante ahora es tener herramientas para actuar y salvar la identidad de Junior.

—Por eso vinimos en cuanto nos enteramos del incidente —concluye, observando con cuidado la reacción del detective. Rivers tiene la mirada de un sabueso viejo que puede oler una mentira a kilómetros—. ¿Qué ha sucedido exactamente?

—Yo también acabo de llegar —responde Rivers, pasándose una mano por el pelo gris ralo—. Según los primeros testimonios, un hombre y una mujer irrumpieron en el lugar haciéndose pasar por agentes de la Fiscalía. Al marcharse, amenazaron a dos uniformados y dejaron un reguero de muertos como si por aquí hubiera pasado el maldito John Wick. Nunca había visto algo así, excepto en una película.

—¿Se sabe quiénes son los muertos? —pregunta Freddy, manteniendo un tono profesional mientras su mente busca a toda velocidad ángulos de protección para Junior.

—No aún —contesta Rivers, entornando los ojos ante un paramédico que pasa transportando una camilla—. Pero todos estaban armados hasta los dientes. Es raro que un grupo ambientalista tenga tantos hombres armados, ¿no le parece?

El pulso de Freddy se estabiliza ligeramente. Si Junior había abatido a gente armada, podría construirse un caso de defensa propia. No lo eximiría de una condena, pero transformaría un homicidio en primer grado en algo mucho menos grave.

—Es verdad, detective —responde Freddy, inclinándose como si compartiera un secreto—. Muchas armas para unos ecologistas. Por eso los estamos investigando. Lleva tiempo que sospechamos que Fuerza Natural es una tapadera para algo mucho más siniestro.

Le guiña un ojo a Rivers, construyendo una complicidad ficticia. El detective no reacciona, atrapado entre la confusión y la reticencia a parecer desinformado. Freddy aprovecha ese momento de duda para tomar el control de la situación.

—Busquen las cámaras de seguridad y confisquen todo —ordena a sus agentes con voz firme—. No quiero que nadie altere la evidencia. Necesitamos todo esto intacto.

Luego mira directamente a Rivers, demostrando firmeza en cada sílaba.

—Entremos —dice, convirtiendo lo que debería ser una solicitud en una orden tácita. El detective, atrapado en la telaraña de autoridad federal que Freddy ha tejido con habilidad, no puede más que obedecer.

El vestíbulo del edificio huele a desinfectante industrial y a miedo. Dos paramédicos transportan a un hombre pálido en una camilla, tubos y cables emergen de su cuerpo como raíces grotescas.

—Este sigue con vida —declara un oficial uniformado a Rivers—. El médico dice que está grave, ha perdido mucha sangre, pero con suerte sobrevivirá si llega rápido al hospital.

—¿Es el único sobreviviente? —pregunta Rivers, la preocupación tensa las líneas de su rostro.

—Hay dos hombres más arriba que están siendo atendidos —contesta el oficial, consultando sus notas—. A ninguno le dispararon, solo sufrieron agresiones físicas. Uno de ellos es el director de la organización.

Freddy y Rivers comparten el ascensor en un silencio cargado de preguntas no formuladas. El suave zumbido de la cabina ascendiendo contrasta con la tensión que flota entre ellos. Al abrirse las puertas en el cuarto piso, encuentran a un joven musculoso siendo atendido por un paramédico. Un hematoma violáceo florece en su sien derecha como una orquídea grotesca.

—¿Qué sucedió exactamente? —pregunta Rivers, sacando una pequeña libreta.

—El asistente del fiscal de distrito y su ayudante vinieron solicitando ver al director —explica el joven, parpadeando como si las luces del pasillo fueran demasiado brillantes—. Los llevé hasta la oficina del señor Rodríguez y luego regresé a mi pucsto. No supe nada más hasta que escuché disparos. El protocolo dice que debemos subir a proteger al director, así que me dirigí a la escalera, pero algo me golpeó en la frente y todo se volvió negro.

—¿Quién lo golpeó? —interviene Freddy, estudiando cada microexpresión del testigo.

—No lo sé con certeza —contesta el muchacho,

frotándose la frente con cautela—. Me topé con los dos de frente en la escalera, pero fue todo tan rápido... No vi cuál me golpeó ni con qué. Solo sé que fue algo más duro que un puño. Sentí como si me hubiera arrollado un tren.

Freddy asiente, satisfecho. Este testigo no podrá identificar a Junior ni específicamente acusarlo de agresión. Un punto a favor.

—El director de la organización está siendo atendido en el piso superior —informa otro oficial, señalando hacia la escalera de emergencia, cuya puerta está manchada de algo oscuro que todos prefieren no analizar demasiado.

Subiendo por las escaleras, el verdadero alcance de lo ocurrido se revela ante ellos. Los cuerpos yacen diseminados por el corredor, retorcidos en posturas imposibles. Freddy los examina con una mirada clínica, confirmando que todos tienen armas en las manos o a su alcance, y que dichas armas fueron disparadas. Uno de los cuerpos presenta un orificio perfecto en la frente que Freddy reconoce de forma instantánea como la firma de la Magnum de Ainara. La precisión casi quirúrgica del disparo habla de una ejecución profesional.

La oficina del director es un caos ordenado: muebles desplazados, papeles esparcidos, pero curiosamente hay menos sangre que en el pasillo. Rodríguez está sentado en un sillón, siendo atendido por un paramédico que le aplica una compresa en el cuello. No parece herido de gravedad.

—El paciente no tiene lesiones críticas —informa el técnico médico—. Presenta signos de estrangulamiento en el cuello, hematomas superficiales, pero nada que requiera hospitalización.

Rivers asiente y se dirige a Rodríguez, que los observa con ojos enrojecidos por la presión sanguínea elevada.

—Cuéntenos qué pasó —solicita el detective, preparándose para tomar notas.

—Una psicópata me quiso asesinar a sangre fría —espeta Rodríguez, y la rabia aviva cada una de sus palabras—. Esa mujer estaba completamente trastornada, tenía los ojos de una demente.

—¿Por qué dice que lo quiso matar? —interviene Freddy, manteniendo un tono neutro que contrasta con la agitación del director.

—Porque eso fue lo que intentó hacer —responde Rodríguez, pasándose los dedos temblorosos por las marcas rojizas de su cuello—. Ya le dije que estaba loca. Entraron con una historia sobre ser de la Fiscalía, pero sin darme tiempo a verificar sus credenciales, esa maniática se abalanzó sobre mí como una fiera y empezó a estrangularme contra el escritorio. Si no fuera porque mis gritos alertaron al guardia de seguridad, ahora estaría en una bolsa para cadáveres. Le dispararon a él y luego huyeron como las ratas que son.

—¿Quién le disparó al guardia? —pregunta Rivers, frunciendo el ceño.

—Supongo que el hombre fue quien disparó —contesta Rodríguez con menos convicción que antes.

—¿Supone? —pregunta Freddy, acentuando de forma deliberada esa palabra como un cirujano que localiza con exactitud dónde aplicar el bisturí.

—Es que... no lo vi directamente —explica Rodríguez, sudando de modo visible—. Yo estaba bocabajo sobre el escritorio, con esa loca encima intentando asfixiarme. Apenas podía respirar, mucho menos observar detalles. Solo escuché el disparo y luego el cuerpo cayendo.

Freddy observa al guardia de seguridad muerto en el suelo. Viste ropa de civil —*jeans* y una chaqueta de cuero — y tiene una pistola semiautomática en la mano derecha. No hay uniforme, no hay placa visible, nada que lo identifique como personal de seguridad para un extraño.

—Entonces —dice Freddy, posicionándose de forma estratégica en medio de la sala para recrear la escena—, mientras usted estaba allá, bocabajo en el escritorio siendo estrangulado, ese hombre de «civil» entró con el arma desenfundada, apuntando a sus agresores, y uno de ellos respondió disparándole.

—Sí, fue exactamente así —confirma Rodríguez, asintiendo con vigor—. Fue tal cual lo describe.

—¿El hombre se identificó como guardia de seguridad antes de entrar? —pregunta Freddy—. ¿Les dio alguna advertencia verbal a los agresores?

—No, no dijo absolutamente nada —contesta Rodríguez, envalentonándose ante lo que percibe como apoyo a su versión—. Esos hijos de puta lo mataron a sangre fría sin darle oportunidad de hablar. Dispararon primero y sin contemplaciones.

—O sea —insiste Freddy, construyendo de forma meticulosa su narrativa—, que aquel hombre entró con un arma apuntándoles, vestido de civil, sin identificarse como guardia ni darles la voz de alto. Simplemente se enfrentaron, y sus agresores fueron más rápidos y dispararon primero en lo que podría interpretarse como defensa propia ante una amenaza armada no identificada.

—Sí —confirma Rodriguez, atrapado en la lógica de Freddy—, fue exactamente así como sucedió.

Freddy asiente con satisfacción apenas disimulada. El detective Rivers lo observa con una mezcla de sorpresa y recelo profesional. Sus décadas en la fuerza le han enseñado a reconocer cuando alguien está moldeando de forma hábil un testimonio. Comprende que Freddy acaba de establecer tres puntos cruciales: no se puede determinar quién disparó, el guardia fallido actuó de manera imprudente al no identificarse, y los agresores podrían argumentar legítima defensa al ser confrontados por un desconocido armado.

Rivers mantiene su mirada fija en Freddy, quien nota este escrutinio de inmediato.

—¿Desea agregar algo, detective Rivers? —pregunta Freddy; su tono es cordial pero con un subtexto inequívoco.

Rivers evalúa rápidamente sus opciones. Faltan apenas cinco meses para su retiro, después de treinta y dos años de servicio. Su pensión completa está al alcance de la mano. Una confrontación con el FBI podría descarrilarlo todo.

—No, nada que agregar —responde al fin, reconociendo la batalla perdida—. Simplemente, estoy procesando la secuencia de los hechos.

—Entonces, el FBI asumirá la jurisdicción completa de este caso —declara Freddy con la autoridad de quien no espera ser cuestionado—. Agradecemos profundamente su asistencia, detective Rivers. En mi informe a sus superiores destacaré sobre todo su valiosa colaboración y profesionalismo.

—No fue nada —dice Rivers, ansiando ya la puerta de salida—. Estoy para servir.

Con un gesto breve de despedida, el detective se retira de la oficina, acelerando de modo imperceptible el paso a medida que se aleja. Mientras camina, escucha a Freddy dirigirse a Rodriguez con una voz que ha cambiado de modo sutil, perdiendo su tono conciliador anterior.

—Es usted un testigo excelente, señor Rodríguez —dice Freddy, ahora con un filo apenas velado en sus palabras—. Ya que por fortuna se encuentra en buenas condiciones físicas, necesitamos que nos acompañe unos minutos a nuestras oficinas para tomar su declaración formal. Si mantiene exactamente la misma versión que acaba de proporcionarnos, atraparemos muy rápido a los responsables.

El detective Rivers, al escuchar esto, aumenta aún más su velocidad. Tres décadas en homicidios le han enseñado a reconocer cuando algo huele a podrido, y todo este caso apesta a encubrimiento federal. Quizás Tanaka está protegiendo a dos de sus operativos encubiertos. Pero Rivers no piensa indagar más; le faltan pocos meses para retirarse con una pensión completa, y un chalé en Florida esperándolo. No piensa perderlo todo por hacer preguntas que nadie quiere responder.

Mientras abandona el edificio bajo la lluvia que ha comenzado a caer, Rivers se promete a sí mismo que este será el último caso en el que involucre a los federales. Está demasiado viejo para las conspiraciones y los juegos de poder. Demasiado cansado para distinguir entre los buenos y los malos cuando todos parecen usar los mismos métodos.

1 2

LA MAYOR TORMENTA

Búnker de Andrew, Manhattan
Jueves, 27 de junio, 1:30 p. m.

Esperamos la llamada de Freddy con la tensión electrizando el aire. Necesitamos saber cuán comprometido está Junior con la investigación policial. Nadie quiere que pierda su estatus legal. A pesar de que nuestra incursión en la sede de Fuerza Natural terminó en un baño de sangre, obtuvimos un dato crucial: la doctora Ingrid Weiss es, sin duda, la responsable de los ataques.

Peter se incorpora en el sillón y apoya los codos sobre sus rodillas.

—Sabemos que la doctora Weiss organizó y costeó los ataques —expone—. El funcionario de la CIA dejó claro que su trabajo en el HAARP se centraba en la modificación climática. Nuestras hipótesis caen una tras otra en el lugar correcto. Ahora toca averiguar por qué lo hace y, sobre todo, dónde se oculta.

Luna repasa el informe en su tableta; se recoge el flequillo con un gesto rápido.

—El archivo interno la clasifica como ambientalista con conexiones extremistas —menciona—. El texto cita donaciones a colectivos ecologistas radicales.

—A Fuerza Natural —puntualiza Alain, y su voz resuena en el hormigón del búnker.

Luna asiente y comienza a andar en círculos.

—La expulsaron del HAARP —continúa—. Supuse que se oponía al uso militar del clima, que es lo esperable en una ecologista. Pero su padre ya buscaba alterar la atmósfera como arma hace medio siglo. Ahora ella repite la idea. ¿Por qué una defensora del planeta provoca catástrofes a sabiendas?

Junior se endereza en la silla y los ojos se le iluminan.

—Rodríguez soltó un discurso sobre «la naturaleza cobrando venganza» —dice—. ¿Y si ese es el plan? Provocar desastres para forzar apoyo masivo a su causa.

Luna se masajea las sienes.

—La explicación encaja, por absurda que parezca. Frenar la crisis climática creando pánico climático. Solo alguien con la brújula moral rota justificaría semejante ecuación.

Apoyo las palmas en la mesa metálica; el acero me devuelve un frío que despeja la cabeza.

—La teoría es retorcida pero coherente —afirmo—. Aun así, nos faltan datos que solo el contacto de Freddy en la CIA puede suministrar. Primera duda: ¿sigue Weiss vinculada al HAARP o no? Segunda: si está fuera, ¿dónde opera y a quién rinde cuentas?

Alain, con la vista fija en la pared de monitores, suelta un murmullo:

—Recemos para que no sean los rusos.

El ventilador de los servidores ahoga cualquier respuesta inmediata. Ninguno de nosotros descarta ya a ningún patrocinador.

Un silencio denso cae sobre el grupo. Todos compartimos el mismo pensamiento. Si esa es la respuesta, quizás quedaremos fuera de juego. He reflexionado mucho sobre esto. ¿Hasta dónde estamos obligados a perseguir la justicia? Durante años, hemos realizado actos que sobrepasan cualquier deber razonable. Hemos arriesgado nuestras vidas incontables veces y perdido a seres queridos en el camino. Cualquiera vería nuestras operaciones como intentos de suicidio. Pero infiltrarnos en Rusia... incluso yo reconozco la locura que supondría.

—No iremos a Rusia —declaro con una firmeza que silencia la habitación—. Hemos salvado a este país en múltiples ocasiones, incluso podría decirse que, alguna vez, también salvamos al mundo entero. —Siento la mirada de todos perforándome—. Sin embargo, si desde Moscú están intentando desencadenar una tercera guerra mundial, es una batalla que, al menos a mí, me supera. Tal vez esta lucha no podamos librarla.

El silencio se espesa. Me observan sin pronunciar palabra, hasta que Peter al fin rompe la tensión.

—Tú no sueles rendirte, Ainara —dice Peter. Su media sonrisa no oculta la preocupación—. Yo iré donde vayas. Si crees que esto nos supera, lo acepto. Seguiremos protegiendo al país cuando tengamos margen. Para eso necesitamos seguir vivos. —Aprieta el respaldo del sillón—. Ir a Rusia sería una sentencia de muerte y abriría la puerta a los de siempre. Nosotros somos el único freno real para el Anillo. Sin el equipo, ¿quién lo detendrá?

Alain da un brinco y el café salpica la mesa.

—¿Insinúas que el Anillo está metido en esto? —pregunta con los ojos muy abiertos.

—No lo aseguro —responde Peter, colocándole una mano en el hombro—, pero estoy convencido de que planean algo. Siempre lo hacen. Cuando se muevan, quiero estar aquí para impedirlo. Si desaparecemos, les dejaremos el paso libre.

La tristeza colorea sus palabras. Miro a los demás. Las cabezas bajan, pesadas. Solo Luna mantiene la barbilla alta.

—No precipitemos nada —ordena con voz firme—. Ignoramos el paradero de Weiss. No sirve sufrir por escenarios que quizás no ocurran. Esperemos el informe del contacto de Freddy. En cuanto al Anillo, casi preferiría que estuviera detrás: significaría que el ataque no sale de Rusia y podríamos darles otra paliza.

Los chicos esbozan una sonrisa leve. El Anillo es un viejo contrincante; sabemos cómo cortarle las cabezas aunque vuelvan a crecer. Weiss, en cambio, es un enigma.

El móvil suena. Pulso el altavoz.

—Te oímos, Freddy. Adelante.

—Hola a todos —responde con voz cansada—. Creo que salvé el pellejo de Junior. A falta del informe de Balística, solo un muerto figura a su nombre; el resto fue cosa de Ainara. No hay testigos. Rodríguez declaró que no vio a nadie disparar.

—Entonces, ese muerto también es mío —digo, y siento un peso familiar en el estómago.

—Gracias, Ainara —murmura Junior con culpa en la mirada.

Freddy prosigue:

—Si te identifican, Junior, afrontarías cargos por agresión, suplantación de identidad y serías cómplice de homicidio. Con un abogado decente y declaraciones limadas, saldrías en dos años. Pero insisto: «si» te identifican. Por ahora, las cámaras me pertenecen; el detective cerró el caso y Rodríguez tiene demasiados esqueletos como para hacer ruido.

—¿Vas a retocar las grabaciones? —pregunto.

—Sí. Borraré la entrada y el forcejeo con los policías. Luego archivaré el expediente en el sótano del FBI. Los fallecidos tenían antecedentes; nadie moverá un dedo.

—¿Te costará el puesto? —pregunto.

—En el peor caso, me degradarán. Pero puedo alegar negligencia, no complicidad. Lo asumo.

—Gracias —repite Junior, apenas audible.

Peter se inclina hacia el teléfono.

—Tema Junior resuelto. ¿Qué hay de tu contacto en la CIA?

—No es amigo, pero sí, tengo novedades. Me citó esta noche; asegura tener lo que pedí.

Siento la descarga de adrenalina.

—Nos acercamos —digo, cerrando el puño—. Tal vez por fin la encontremos.

La línea enmudece. Cada uno comprende que la

información de Freddy marca el punto de no retorno: si Weiss está en territorio nacional, iremos tras ella. Si opera desde Rusia, deberé decidir entre una incursión suicida o reconocer que hay guerras que no podemos ganar.

Cuelgo.

13

LA CIA SE OCUPA

Un bar en Brooklyn, Nueva York
Jueves, 27 de junio, 2:40 p. m.

ME LO CONTÓ FREDDY LUEGO, todavía oliendo a cebada y a pólvora política: llegó a Brooklyn, dejó su coche a doscientos metros del bar y caminó hasta la puerta. A esas alturas, todos desconfiábamos de cualquier cámara furtiva; su rostro podía confundirse, pero la matrícula del FBI no. Un poco de cautela nunca sobra. Entró, comprobó que Kessler no había llegado y se sentó solo a la barra. El cantinero preguntó qué bebería y Freddy pidió una cerveza.

—¿Tienes algo para comer? —le preguntó luego.

—Aparte de *snacks* —respondió el tipo—, podría traerle un emparedado.

Aceptó. El día se le había ido sin almuerzo. Con Junior a salvo, esperaba que Kessler apareciera con algo digno. Estaba satisfecho con la rapidez de aquel trato: la CIA había reaccionado en horas, detalle tan útil como inquietante. La información clasificada suele llevar cadenas y candados; sin embargo, parecía que Kessler había abierto un simple cajón. ¿Cuánto poder escondía ese hombre? Freddy lo conocía como soldado sucio de Langley, pero quizás fuese más que eso. Pensar en ello le pareció inútil; necesitaba resultados, no jerarquías.

—Veo que estás con hambre, Tanaka —dijo Kessler, apareciendo a su lado.

Freddy tragó el último bocado del sándwich; supuso que Kessler había observado la calle para verificar que había venido solo.

—¿Quieres que te pida uno? —ofreció con calma.

—No, gracias —respondió Kessler, pidiendo su propia cerveza.

Del interior del sobretodo extrajo una carpeta que dejó sobre la barra. Freddy volvió a sospechar del famoso cajón desprotegido.

—Ahí tienes casi todo sobre Weiss —anunció Kessler —: hasta cuándo trabajó en HAARP y por qué la echaron. Tenía agenda propia, chocó con el Gobierno, cultivó vínculos con ambientalistas radicales y huyó antes del juicio. Nada que interese al FBI; mejor es que te apartes y evites marejadas cuando no posees el barco correcto.

Guardó silencio, clavó los ojos en Freddy.

—Te aseguro que no tienes ese navío —añadió.

Freddy dobló la carpeta, la metió en el bolsillo de la chaqueta.

—Ya veremos —respondió.

Bebió un trago y lanzó la pregunta clave:

—¿En esas hojas figura dónde está ahora?

Kessler probó su cerveza antes de contestar.

—No. Lo entregado liquida mi deuda. Puse el cuello para sacarlo. Para el resto, necesitaría algo a cambio. Estás mirando documentos clasificados; quizás seas el único agente con acceso. Lo que pides opera a otro nivel: ningún mérito previo te da llave.

Freddy no le creyó. Le pareció que la carpeta no le costó nada y olía a trampa.

—Sabes que podría hablar con el presidente —le recordó, insinuando vías paralelas—. Desde que le salvé la vida, me escucha.

—Sí —afirmó Kessler y luego rio—. He oído sobre la Operación Zodíaco. ¿Pero quieres saber?

Freddy alzó una ceja.

—El presidente no sabe un carajo —prosiguió—. Se sienta cuatro años, luego se retira con pensión dorada. ¿Crees que ansía enterarse de mugre gubernamental sembrada hace décadas? No, amigo. El mandatario solo sabe lo indispensable. Del resto nos ocupamos nosotros, DARPA o agencias aún más oscuras. Pedirá un informe; los burócratas tardarán semanas; lo leerá, lo lanzará al cesto y maldecirá que lo hayas vuelto cómplice.

Freddy calló. Sabía que Kessler tenía razón; algunos asuntos superan a la Oficina Oval. Y aquella frase —la CIA se ocupa— insinuaba implicación directa.

—También aplica a ti —siguió Kessler—. Puedo darte la ubicación de Weiss, pero luego harás lo mismo: lo arrojarás a la basura. En realidad, sería un favor. Llevas una bomba de tiempo y solo yo puedo desactivarla.

—¿A qué te refieres? —preguntó Freddy, intrigado.

—Al cojo detenido en tu oficina. Según sé, no ha confesado.

Freddy frunció el ceño; Kessler sabía demasiado.

—Aún puedes librarte de él y olvidarte. Si lo presionas, tal vez hable y te hundas en excremento. Rumores del tiroteo en el distrito financiero sugieren que nadas directo a la cloaca. En cambio, si nos entregas al brasileño, obtendrás la información *off-the-record* y decidirás avanzar o no sin hundirte. Como dije, acabarás tirando el expediente a la basura y continuarás tu carrera de estrella. Tú eliges.

Freddy sopesó lo que oía. Tenía lógica: quizás el FBI no lograría nada. Pero esto ya no se trataba del FBI, sino del grupo que lidero. Conmigo siempre hay otra puerta. Sin embargo, comprendió el juego: la carpeta no salió de un cajón; Kessler pidió permiso para una trampa, silenciar a Capoeira y desviar la investigación. Langley arregla problemas saltando reglas. Colaborar era más prudente que enfrentarlos; cedo un peón y gano una pieza mayor.

Además, mantener diálogo con la CIA nunca sobra.

—¿Cómo quieres hacerlo? —preguntó—. ¿Vienes con una orden y listo?

Kessler sonrió.

—Bien, Tanaka. Me alegra que hayas reemplazado a Smith; con él era imposible negociar. Haremos esto: suelta a Capoeira. El abogado alega que no tienes cargos sólidos. Déjalo ganar; en la vida hay que soltar, Tanaka. Pide disculpas, acompáñalo a la puerta. Después, nosotros.

Freddy admitió que Smith jamás habría accedido. Todo olía a turbio. No sabía si la CIA buscaba tapar o destapar, pero Capoeira era un don nadie. Langley se decepcionaría.

—De acuerdo —dijo—. ¿Y la información?

—Cuando el brasileño ponga un pie fuera de Federal Plaza —respondió Kessler, abriendo los brazos como si liberara a alguien—, tendrás tu sobre y... feliz cumpleaños.

—Perfecto —afirmó Freddy—. En tres horas exactas habrá un *hacker* caminando por Federal Plaza.

—No por mucho tiempo, amigo —sentenció Kessler, apurando la cerveza—. No por mucho tiempo.

14

SE CONFIRMAN LAS TEORÍAS

BÚNKER DE ANDREW, Manhattan
Jueves, 27 de junio, 3:30 p. m.

LUEGO DE DEJAR a su contacto de la CIA, Freddy me llamó por teléfono para adelantarme las novedades y avisarnos que venía en camino. Lo esperamos ansiosos para ver juntos lo que decía el informe. Salvo Bob, el resto ni siquiera lo saludamos cuando llegó. Nos sentamos en ronda para escuchar la información que traía en la carpeta. Es Junior el encargado de leer para hacernos un resumen de lo importante, ya que su ojo de abogado lo hará mejor que nadie. Lo primero que hace al abrir la carpeta es darle vuelta y enseñarla. Vemos algo que era muy posible que suceda. La mitad de la hoja está tachada.

—En todas las páginas pasa lo mismo —dice Junior, ojeando hacia adelante.

Frunzo el ceño. Espero que haya algo que nos sirva.

—Esto estaba preparado —dice Freddy—. Kessler vino con todo armado, el expediente tachado, el pedido de entregarle al *hacker*.

—Evidentemente, hay cosas que la CIA no quiere que sepamos —dice Alain—. Solo están jugando con nosotros.

—No lo creo, Alain —prosigue Freddy—. Algo allí tiene que haber; si no, Kessler no se hubiera atrevido a negociar lo de Capoeira. Si no me dio un anticipo en esos papeles, no soltaré al brasileño.

Mientras Freddy hablaba, Junior comenzó a leer el expediente. Luego hicimos silencio y esperamos a que terminara.

—Esto no está tan mal —afirma Junior, dando su veredicto y levantando la vista de los papeles—. Lo que está tachado debe ser de HAARP. Se ocuparon de no entregar evidencia de lo que sucede allí.

—¿Y qué tiene eso de bueno? —pregunta Peter, decepcionado.

—Lo bueno es que a nosotros no nos importa HAARP —responde Junior—, sino la doctora Weiss. Aquí explican entre líneas por qué la echaron hace dos años. Básicamente, dan a entender que utilizó el HAARP para sus propios planes. Por supuesto, no dice lo que hizo porque eso hablaría de lo que es realmente HAARP, pero aclara que su relación con los ambientalistas radicales tiene que ver con eso. Dice que se confirmó el informe anterior preparado por la CIA y que no se puede confiar en ella bajo ningún punto de vista, ya que sus móviles «no son económicos».

—Están diciendo que no la pueden manejar con dinero —aclara Luna—. En el informe preliminar sobre su persona, recalcaron que no tenía familia. Esto significa que tampoco tenían con qué amenazarla más que con su propia vida. Si es una persona inestable, ese tipo de amenaza tampoco sirve, porque la reacción podría ser distinta a la esperada. Un animal, cuando se siente amenazado, huye o ataca. El ser humano está programado para obedecer a las autoridades; desde que vamos a la escuela nos enseñan a acatar órdenes. Las instituciones utilizan esta programación para manipular a la gente; de hecho, muchos de los perfiles que la CIA me pedía eran para saber hasta dónde se podía presionar a la gente sin que huya o ataque. En algunos casos, donde la psique es inestable, es imposible saber cómo reaccionará la persona ante la autoridad.

—Entonces, esta mujer podría haberse rebelado —dice Alain—. Quizás usó HAARP para atacar a las instituciones y por eso la cancelaron.

—Eso es lo que se desprende del informe —dice Junior—. El tema es que, cuando debía volver de Alaska, la doctora Weiss desapareció.

—¿Cómo que desapareció? —pregunta Andrew, que no había pronunciado palabra hasta el momento—. Eso puede significar muchas cosas; si no fuera porque financió a los ambientalistas recientemente, podría incluso estar muerta.

—Hoja tachada —responde Junior—. Estaba citada para testificar y nunca llegó. Aparentemente como acusada, pero no lo puedo asegurar porque esa parte la censuraron. Luego de eso hay dos páginas tachadas por completo. Es probable que allí expliquen su desaparición, pero no lo podemos saber.

—Eso se lo guardaron para negociar —interviene Freddy—. Si me hubieran dado toda la información, no hubieran podido sacarme a Capoeira. Kessler me anticipó lo que acabas de decir y supongo que nos acerca un poco más a la verdad, pero no alcanza.

—¿Para qué crees que quieren al brasileño? —pregunta Peter.

—No lo sé —prosigue Freddy—. Aún sigo pensando lo mismo que cuando hablé con Kessler: para descubrir algo o para encubrir algo. Tal vez lo podamos deducir cuando me dé el resto de la información.

—Lo que hagan con el brasileño —dice Luna con cierta frialdad—, no nos incumbe. Lo que nos importa es que sabremos al fin dónde se encuentra esta mujer y si podremos hacer algo al respecto o no. Siendo que la CIA está muy implicada en esto, hay una posibilidad básica. Que estemos hablando de terrorismo. El ataque que sufrimos fue, sin duda, un ataque terrorista al mundo occidental. Los países que fueron atacados viven todos bajo el sistema capitalista; por lo tanto, la doctora Weiss puede estar prestando sus servicios a cualquier país contrario a nuestro sistema.

—Comunismo o extremismo árabe —dice Peter—, no hay mucho más.

—Tal vez —digo, pensativa—, pero no debemos olvidar que los ambientalistas radicales también culpan al capitalismo del cambio climático y, hasta ahora, todo apunta en esa dirección.

—Es suficiente para mí —dice Peter poniéndose de

pie—. Podemos seguir proponiendo teorías toda la tarde, pero en unas horas quizás consigamos la pista que necesitamos y me parece que no tiene sentido seguir persiguiendo fantasmas.

Las palabras de Peter sonaron un poco fuertes, pero tiene razón. Ya hemos repasado esto decenas de veces y la conclusión no varía demasiado. Las pocas evidencias que vamos adquiriendo van confirmando nuestras teorías, pero no nos dicen lo que debemos hacer. La información que nos dará la CIA definirá nuestro papel en esto.

—Debo ir a la oficina —dice Freddy mientras se levanta de la silla para dirigirse a la salida—. Debo preparar el papeleo para soltar al brasileño en un par de horas. En cuanto tenga algo, los llamo.

Freddy sale acompañado hasta la puerta por Bob. Luego, el perro regresa y se acomoda en su rincón. Nosotros nos quedamos en silencio. Ya está todo dicho; no hay más que podamos hacer.

—¿Qué haremos, Ainara? —pregunta Andrew, rompiendo el silencio.

—Si la doctora Ingrid Weiss se encuentra en Estados Unidos —respondo—, iremos por ella.

—¿Y si no lo está? —pregunta Peter.

Ya había dicho que no iríamos a Rusia, y Peter había respaldado mi decisión. Que me pregunte eso me hace pensar que ahora tenía dudas. Lo miro, pero no le contesto. Si él duda, yo también.

15

TRES BALAS, DOS MUERTOS

Oficinas del FBI, Nueva York
Jueves, 27 de junio, 3:50 p. m.

El vestíbulo del edificio federal brilla bajo las lámparas fluorescentes. El mármol pálido refleja la luz con frialdad de quirófano; ni una mota de polvo, ni una huella de zapato fuera de lugar. Esa asepsia contrasta con la tensión latente que se palpa en cada palabra pulsada sobre los mostradores de seguridad.

Un hombre delgado —traje azul, corbata carmesí, lentes de montura metálica— golpea el cristal con los nudillos. Tiene unos cuarenta años, el cabello engominado y un maletín de piel italiana que parece pesarle más por lo que representa que por su contenido.

—Mi cliente debería estar en un hospital —reclama, modulando la indignación para que suene a exabrupto controlado—. Lleva días lesionado y ustedes lo retienen sin las mínimas garantías.

La recepcionista, veterana en escenas semejantes, conserva un aplomo casi impasible. Peina canas con dignidad y viste un uniforme gris que se confunde con la pared.

—Un momento, por favor —responde con resolución milimétrica y descuelga el teléfono interno. Sus ojos no revelan la menor emoción. Ha oído el mismo discurso en distintas voces: banqueros, contrabandistas, políticos y, por supuesto, abogados.

El aire acondicionado sopla a una temperatura que ronda los diecinueve grados; apenas basta para contrarrestar la humedad de la tarde veraniega. El zumbido de los conductos se mezcla con murmullos de agentes que atraviesan los pasillos, el golpeteo de las máquinas de rayos X y el chasquido de tacones sobre la piedra. En esa coreografía impersonal, irrumpe Freddy Tanaka: viste un traje oscuro de lana tropical —tejido ligero que soporta el bochorno de junio—, camisa blanca impecable y el nudo de la corbata perfectamente centrado.

—Tanaka —dice a modo de presentación—. Jefe de la oficina neoyorquina del Buró. Lamento la espera.

—Ian Melman, abogado de Paulo Santos —responde el letrado con un apretón rápido y no del todo firme—. Su Departamento vulnera sus derechos desde el minuto uno.

Tanaka detecta la rigidez en la mandíbula de Melman, la forma en que sus dedos se aferran al maletín como un náufrago a un tablón. Lo invita con un gesto a acompañarlo. El vestíbulo se ensancha antes de desembocar en una hilera de torniquetes que dan acceso a los ascensores. Un agente levanta la barrera para dejarlos pasar; Melman no pierde la ocasión de reanudar la queja.

—Mi cliente fue golpeado durante el arresto. Tiene costillas fisuradas y una lesión en la rodilla. Usted lo interrogó sin mi presencia. Presentaron cargos sin pruebas… Es un abuso de poder insólito.

Tanaka no replica. Mantiene el ritmo firme, manos a la espalda, la mirada fija al frente. Suben al ascensor. Las puertas metálicas se cierran con un suspiro neumático; el espacio reduce el mundo a cuatro paredes, un espejo y dos hombres. El abogado interpreta el silencio como permiso para continuar.

—No existe ninguna prueba forense, ninguna captura de tráfico digital que lo ubique dentro de la red eléctrica. Hay una fuente confidencial que podría ser un soplón. Lo sabemos usted y yo.

Los números se iluminan uno tras otro: 4, 5, 6. El ascensor avanza con suavidad. Tanaka fija la vista en las cifras; analiza tiempos, distancias, ángulos de cámara. Sabe que el tiempo apremia. Melman se despega el cuello de la camisa, presa de un calor súbito.

—Estoy listo para impugnar cada línea del expediente en la primera vista —prosigue—. Y si hace falta, iré a la prensa con pruebas de mala práctica. La reputación del Buró acabará arrastrada.

El sonido de la campanilla señala el piso doce. El ascensor se detiene; las puertas se abren a un pasillo alfombrado en gris, flanqueado por paneles de roble y puertas metálicas sin ventanas. La iluminación es cálida, casi acogedora, un contraste estudiado para rebajar los nervios de los visitantes. Tanaka avanza; Melman acelera el paso para no quedarse atrás.

—Usted no puede mantenerlo aquí —insiste el abogado—. El juez pedirá hoy mismo su comparecencia y verá que no tienen caso.

Llegan a la penúltima puerta. Tanaka desliza su credencial sobre un lector y marca un código. La cerradura cede. Dentro hay una mesa ancha, dos sillas, una lámpara empotrada y un espejo de control unidireccional.

Paulo Santos tiene veintisiete años, tez morena, y viste una camiseta gris manchada de sangre seca. Está sentado, con las esposas al frente. La muleta descansa contra la pared; su rodilla vendada sobresale bajo el pantalón recortado. Levanta la mirada al oír pasos. La expresión combina cansancio, dolor y una chispa de esperanza cautelosa.

—¿Cómo lo tienen así? —pregunta Melman, iracundo—. ¡Es una violación a la dignidad humana!

Se acerca, deja el maletín sobre la mesa y se vuelve a Tanaka.

—Suelte esas esposas. Ahora.

Tanaka saca una llave de su bolsillo interior. La gira despacio y libera cada muñeca. El tintineo del metal reverbera. El abogado se yergue, creyendo dominar la escena. No percibe el movimiento casi imperceptible con el que Tanaka despliega un documento y una bolsa con efectos personales.

—Señor Santos —empieza a decir el agente—, la Fiscalía ha decidido no presentar cargos. No tenemos pruebas suficientes para sostener la imputación. Este escrito acredita su libertad inmediata.

Desliza las dos hojas hacia Santos; coloca un bolígrafo con el escudo del FBI junto al papel. Melman pestañea, desconcertado por el giro.

—Además —añade Tanaka—, usted declara que recibió trato legal y humanitario; no hubo abuso ni coacción.

El abogado recupera terreno.

—No firmaremos nada que obligue a mi cliente a exonerarles. Él quiere marcharse y punto.

Tanaka entrelaza los dedos, los apoya sobre la mesa.

—La ley nos permite retenerlo otras cuarenta y ocho horas bajo sospecha de terrorismo. Si rechazan el documento, recurriremos a esa prerrogativa. En ese tiempo, quizás aparezcan nuevas evidencias.

La palabra «terrorismo» deja un eco metálico. Melman calcula en segundos lo que aquello puede originar: cuarenta y ocho horas significan dos noches de hospital penitenciario, posibles interrogatorios, titulares que dañen su marca personal. Evalúa honorarios futuros frente a un pleito incierto. Santos lo mira; en su gesto se lee súplica.

El abogado recoge el bolígrafo y firma con trazos ampulosos. Su cliente imita la rúbrica con mano temblorosa. Tanaka verifica las firmas y guarda una copia para el archivo. Extiende la bolsa: cartera desgastada, reloj digital roto, un USB sin carcasa, quizás la llave de algún botín de datos.

—Quedan libres de ir a donde deseen —concluye el agente—. Los acompañaré a la salida.

Santos se incorpora. Un quejido nace en su garganta cuando apoya la pierna herida. Ajusta la muleta, se esfuerza por sostener el equilibrio. Melman no lo ayuda; está demasiado ocupado calculando cómo presentar la victoria ante sus socios.

Recorren el pasillo en silencio. El ascensor desciende. El letrado sujeta a Santos del codo cuando este trastabilla; no por compasión, sino porque teme que una caída arruine la escena heroica que imagina contar a los medios.

En el vestíbulo, los recibe el murmullo incesante de funcionarios y visitantes. La recepcionista levanta apenas las cejas: misión cumplida. Tanaka abre la puerta principal, la sujeta y pronuncia la despedida sin adornos.

—Fuera.

—Buenas tardes, agente —espeta Melman, incapaz de contener la sonrisa.

Santos y su abogado se mezclan en la corriente humana de la acera. A esa hora, Manhattan hierve: bocinas, vendedores ambulantes, turistas, policías de tráfico. Tanaka los observa hasta que desaparecen tras un autobús. Gira y se dirige a recepción. La empleada lo llama.

—Jefe Tanaka.

Junto a ella aguarda un mensajero uniformado de naranja. Sostiene un sobre grande, sellado, sin remitente visible.

—Firma aquí, señor —pide el joven.

Tanaka lee la inscripción manuscrita: «Feliz cumpleaños, Tanaka». Hoy no es su cumpleaños. Reconoce la ironía. Firma, se guarda el sobre bajo el brazo y da las gracias. Su móvil vibra y le llega un mensaje sin texto. En la pantalla, solo hay un punto. Kessler confirma entrega.

El ascensor sube. Tanaka medita cómo comunicar a Ainara que ya tiene la ubicación prometida. Planea revisar el *dossier*, analizar riesgos, preparar la siguiente jugada. Las puertas se abren en el piso del vestíbulo justo cuando estallan tres disparos secos.

Sus reflejos lo salvan. Se agacha, desenfunda la SIG Sauer P226, vuelve la cabeza.

—¡Afuera! —grita un agente de seguridad.

Otro señala la calle con el arma en alto. Tanaka corre tras ellos, tiene el sobre aún en la mano izquierda. Cruza el umbral. El aire tibio de la tarde golpea su rostro con olor a esmog y comida callejera.

Ve la escena a veinte metros. Paulo Santos yace bocarriba, tiene un agujero de bala en la frente y otro en la nuca. La sangre se extiende por la losa como tinta roja. A un metro, Ian Melman sostiene la chaqueta sobre el pecho; la tela se oscurece rápidamente. Intenta hablar, emite un gorgoteo y se desploma. Un disparo limpio le atravesó el esternón. El maletín ha desaparecido y no hay ninguna huella de la muleta ni del USB.

Tanaka guarda el arma. Mira a lo alto, examina ventanas, cornisas, azoteas. Nada. El tirador ya dejó la zona, quizás disfrazado de repartidor o de oficinista. Sabe que no lo encontrarán.

—Maldito Kessler —susurra.

Agentes del Buró aseguran el perímetro, alejan a los transeúntes. Las sirenas se acercan. Tanaka sostiene el sobre con fuerza; el cartón cruje entre sus dedos, ahora manchado de sangre ajena. La CIA cumplió su parte del trato, pero el precio incluye dos cadáveres y una línea ética quebrada.

Un paramédico se inclina sobre Melman, le palpa el pulso, sacude la cabeza. Otro cubre a Santos con una sábana blanca apenas llega. El abogado jamás contará su victoria; el *hacker* nunca revelará secretos. Un cierre eficiente, sin cabos sueltos.

Tanaka da un paso atrás; el calzado resbala sobre sangre fresca. El sol cae tras los rascacielos y convierte los charcos en espejos púrpura. Siente un nudo en el estómago. No ignora que él mismo empujó la primera ficha. Ahora todo el tablero se tambalea.

Se limpia la mano en el pantalón y llama a Ainara.

—Tengo el paquete —dice cuando responde—. No preguntes ahora. Reúnanse en el búnker. Voy de camino.

Cuelga antes de que ella repregunte. Sube al coche, deja el sobre en el asiento del copiloto y arranca. En el retrovisor, distingue las luces azules de los patrulleros que cierran la escena. Escucha el latido en los oídos, un tambor sordo que marca la cuenta atrás hasta el próximo error fatal.

La carpeta que Kessler entregó promete la localización de Ingrid Weiss, su red de apoyo y su calendario de movimientos. También podría contener una trampa nueva. Tanaka evalúa escenarios: una emboscada, información parcial, un microtransmisor oculto en el papel. Pero la peor amenaza ya se materializó en la acera: la Agencia no vacilará en limpiar testigos. A partir de hoy ninguno de los suyos está a salvo.

Gira por la Séptima Avenida, se sumerge en el tráfico denso. Los cláxones lo envuelven. Un bus turístico se interpone y bloquea la vista del edificio federal. Tanaka respira hondo. El precio de avanzar es cada vez más alto; aun así, retroceder es imposible.

La luz roja lo detiene. Abre el sobre. Dentro encuentra un *pendrive* negro, una tarjeta SD y cincuenta páginas impresas con sellos de la CIA. En la primera se lee «Operación Borealis- resumen de situación: nivel *Top Secret*». A mitad de la hoja hay un mapa de Alaska con rutas de acceso, siglas que identifican campos remotos, coordenadas GPS.

Tanaka cierra el sobre. El semáforo cambia; acelera. Visualiza el plan: cruzar datos con el equipo de Andrew, verificar autenticidad, mover piezas de manera cuidadosa. Nadie hará el trabajo por ellos.

Mientras conduce hacia el búnker, recuerda la mirada de Santos antes de firmar, la sombra de miedo y desconcierto. Recuerda también el destello triunfal en los ojos de Melman. Dos vidas segadas en segundos para que una operación secreta siga cubierta. El sobre pesa tanto como un ladrillo.

Marca a Freddy. Cuelga. Echa otro vistazo al retrovisor: ningún coche sospechoso. Sin embargo, sabe que a partir de ahora la Agencia los vigilará muy de cerca, quizás los use como avanzadilla descartable.

En el tablero de mandos, el reloj marca las 18:32. En cuarenta minutos estará frente a Ainara y al resto. Tendrá que explicar por qué accedió a un canje que terminó en ejecución pública. Y deberá convencerlos de que la información vale la sangre derramada.

El sedán se desliza sobre el asfalto. El cielo vira al malva. Tanaka aprieta el volante; siente el corazón bombear al ritmo exacto de las sirenas que aún resuenan en su memoria: tres disparos, dos cadáveres, un paso más cerca de Ingrid Weiss. El juego dejó de ser político; entró en territorio personal.

Mientras conduce, imagina la voz de Kessler diciendo «Feliz cumpleaños, Tanaka». Una felicitación macabra que le recuerda el verdadero regalo del día: la certeza de que ya no existe línea que la CIA no esté dispuesta a cruzar. La pregunta es si ellos, en el búnker, serán capaces de cruzarla también.

Tanaka acelera un poco más. El tráfico se abre y la ciudad parece contener la respiración antes de la tormenta.

16

UN DÍA INTENSO

BÚNKER DE ANDREW, Manhattan
Jueves, 27 de junio, 6:20 p. m.

—Hola, Ainara. —Freddy suena tenso cuando contesto al móvil—. Tengo el material, pero no puedo entregarlo. Ha ocurrido algo.

—¿Qué ha pasado? —pregunto mientras activo el altavoz.

—En cuanto Capoeira y su abogado salieron del edificio, los mataron.

—¿La CIA? —pregunto, aunque conozco ya la respuesta.

—Es casi seguro —responde Freddy con amargura —. Eran los únicos que sabían que lo iba a liberar. Los estaban esperando frente al FBI. He llamado a Kessler, pero no responde. Debo quedarme aquí para controlar la situación y no terminar implicado.

—¿Necesitas apoyo? —pregunto más por protocolo que por posibilidad real.

—No, gracias. Al menos no usaron francotiradores. Lo han montado como un robo. Poco convincente, pero no hay evidencias para demostrar lo contrario. Intentaré reforzar esa narrativa. —Hace una pausa—. ¿Qué hago con el sobre?

—¿Has visto el contenido?

—No. Y quiero deshacerme de él cuanto antes.

—De acuerdo. Luna lo recogerá. Sal a tomar un café cerca del edificio y entrégaselo.

—Perfecto. Que me avise cuando llegue.

Corto la comunicación. Luna se levanta sin necesidad de indicaciones, coge las llaves del coche y sale.

—Ahora vuelvo —dice, y Bob la sigue hasta la puerta.

—Si teníamos dudas sobre el objetivo de la CIA con Capoeira —dice Peter desde el sillón, con el pie aún elevado—, se han despejado.

—Encubrimiento absoluto —añade Junior.

—Ya sabíamos que la CIA estaba involucrada —apunta Andrew—. La pregunta es cómo.

—No creo que estén detrás de los ataques —digo—. Su interés debe estar relacionado con Weiss. La denunciaron ellos, debieron arrestarla, y probablemente fueron quienes la dejaron escapar. Ahora necesitan borrar cualquier conexión.

—Es retorcido —dice Peter—, pero encaja con sus métodos. Proteger al país y protegerse ellos mismos a cualquier coste.

—Estos dos muertos confirman que estamos en la

dirección correcta —añado mientras siento la nariz fría de Bob rozarme la mano. Me pongo de pie al instante—. Perdona, necesitas salir.

---

*Oficinas del **FBI**, Nueva York*
Jueves, 27 de junio, 6:50 p. m.

—¿Qué demonios ha ocurrido? —gritó Smith a Freddy por teléfono—. Tenías detenido al responsable del apagón y ahora sus sesos decoran la acera frente a nuestras oficinas. No acepto excusas, Tanaka.

—Prefiero no hablarlo por teléfono, director. Oficialmente, fue un robo.

—Oficialmente, una mierda. Nadie se lo creerá. Necesito saber qué ocurre si quieres que te respalde. Ahora estoy en Washington; mañana temprano voy hacia allí. Nos veremos en tu despacho.

—Sí, señor.

Freddy colgó. Sabía que liberar a Capoeira lo metería en problemas, pero no hasta ese punto. Dos muertos a las puertas del FBI dejarían mal parada a la agencia y podrían implicarlo de forma indirecta. Aun así, estaba convencido de que no había cometido ningún delito. La acusación contra Capoeira era leve: hackear una distribuidora eléctrica sin pruebas concluyentes no justificaba una detención prolongada. Liberarlo era una decisión válida y legal, aunque políticamente arriesgada.

Ahora debía decidir qué versión dar a Smith. Podía

contar una verdad a medias —su investigación, Kessler—, pero jamás mencionar a Ainara ni a su equipo. De todas formas, hasta la mañana siguiente podían pasar demasiadas cosas. Decidió concentrarse en lo inmediato.

Tras caminar dos calles, Freddy entró en una cafetería. Luna ya lo esperaba allí. Se sentó frente a ella y dejó un sobre encima de la mesa.

—Espero que tenga algo útil —dijo Freddy.

—¿Has revisado el contenido? —preguntó Luna.

—No tuve oportunidad. Ha sido un caos.

—Te informaremos tras analizarlo.

Luna introdujo el sobre en una bolsa con comida para llevar, discretamente. Bebió lo que quedaba de café y se levantó. Se despidieron y salió. Freddy hizo una señal a la camarera para pedir otro café. Había sido un día demasiado intenso. Necesitaba comer algo.

EL LABERINTO DE SECRETOS

BÚNKER DE ANDREW, Manhattan
Jueves, 27 de junio, 7:30 p. m.

LUNA irrumpe en el búnker con un movimiento decidido, lanzando un sobre manila sobre la mesa metálica. El golpe resuena con nitidez, interrumpiendo nuestra discusión anterior. Durante un instante, nadie se mueve. El silencio que sigue parece amplificar la gravedad del momento.

Ese sobre es mucho más que papel y documentos. Es una decisión inminente: abrirlo significará cruzar un límite sin retorno. Ninguno de nosotros ha visto su contenido aún, ni Luna ni Freddy. Una cautela instintiva, casi supersticiosa, parece paralizarnos brevemente.

—¿Quién lo abre? —pregunta Junior, esforzándose por mantener un tono casual que no engaña a nadie.

Alain exhala con una mezcla de cansancio y determinación.

—Yo lo hago —dice al tiempo que avanza y abre el seguro del sobre. Luego esparce los documentos encima de la mesa.

En cuestión de segundos, todos estamos examinando de manera frenética los papeles. Peter, todavía con su pie lesionado, toma asiento después de un esfuerzo inicial. Observa con atención una serie de fotografías satelitales.

—Son imágenes satelitales recientes, tomadas hace un mes —dice con voz precisa y profesional—. Las coordenadas están tachadas. Se ve una instalación con múltiples antenas. No logro identificar qué es con exactitud.

Andrew, situado junto a Peter, inclina ligeramente el cuerpo para mejorar su perspectiva; sus ojos brillan con repentina comprensión.

—Podría tratarse de HAARP —dice, dejando que una tensión silenciosa flote sobre la mesa.

La mención de HAARP hace que todos levantemos la cabeza por un instante. Pero Luna interrumpe la pausa, sosteniendo otro documento.

—Tengo aquí una orden ejecutiva firmada por el secretario de Defensa estadounidense hace dos años. —Su tono es controlado pero intenso—. Se ordena la destitución inmediata de la doctora Weiss de la dirección de HAARP y su traslado urgente a Washington. Es evidente que era crítico recuperarla rápidamente.

Mis pensamientos aceleran su ritmo, comenzando a conectar puntos dispersos. Junior lee otro papel en voz alta, aportando más claridad.

—Esto es una orden militar dirigida a un coronel en

Alaska —dice con firmeza—. Se indica escoltar a Weiss hasta el avión, asegurándose de que no lo pierda. Está claramente resaltado. Es evidente que esperaban una resistencia o intento de fuga.

Mis dedos encuentran entonces un informe oficial. Mis ojos recorren aprisa las líneas hasta captar lo esencial.

—Informe oficial sobre la desaparición de Weiss —anuncio con calma, aunque mi pulso se acelera—. El avión que debía llevarla desapareció de los radares. Hay indicios de que se desvió hacia Canadá, pero después se pierde todo rastro.

Alain levanta otro documento, con aire triunfal.

—Aquí está la solicitud formal de extradición desde el Departamento de Estado al Gobierno canadiense —informa—. Tiene una antigüedad de año y medio.

Junior ajusta sus gafas con un gesto preciso, adoptando ese tono pedagógico que utiliza cuando explica aspectos jurídicos complejos.

—Si Estados Unidos solicitó extraditarla desde Canadá, debería haber sido entregada de inmediato, dada nuestra estrecha cooperación jurídica. —Hace una breve pausa antes de proseguir—. Pero según esto, Canadá denegó la solicitud alegando falta de claridad en los cargos presentados.

Luna añade otro matiz esencial, mostrando una serie de comunicaciones diplomáticas impresas.

—Canadá solicitó detalles específicos sobre las acusaciones contra Weiss —dice con voz contenida—, pero Estados Unidos nunca presentó pruebas claras. Al no poder fundamentar la extradición, la solicitud fue rechazada. Es como una partida de ajedrez donde ambos países midieron cuidadosamente cada movimiento.

Reviso con rapidez otro documento que parece explicar esta aparente resistencia canadiense.

—Weiss posee doble nacionalidad —revelo con calma—. Su padre obtuvo ciudadanía canadiense tras exiliarse allí. Ella heredó la ciudadanía, convirtiéndola en un recurso estratégico.

Andrew interviene de nuevo, aportando contexto histórico con voz analítica.

—Recordemos al socio canadiense de su padre, asesinado por el Mosad. Ambos estuvieron involucrados en el proyecto HARP original. Canadá podría haber tenido interés en preservar la continuidad de esa investigación tecnológica en su territorio.

Mis ojos captan más información relevante entre los papeles. Prosigo con determinación, integrando los nuevos datos en el análisis general de la situación.

—Weiss se entregó de forma voluntaria a las autoridades canadienses y exigió un juicio en ese país. El proceso se declaró nulo por falta de pruebas estadounidenses. Los cargos, abuso de autoridad y malversación de fondos, eran vagos e insuficientes para asegurar una condena efectiva.

Junior asiente, reforzando mis palabras con su habitual autoridad jurídica.

—Canadá no tenía razón legal para mantenerla detenida. Técnicamente, Weiss quedó libre de inmediato, protegida bajo la ley canadiense y aprovechándose de la falta de solidez de las acusaciones norteamericanas. Fue un movimiento jurídico brillante.

—Pero aun así —insiste Luna con tono escéptico—, Canadá asumió un riesgo diplomático considerable al protegerla. Algo más grande debe estar detrás de todo esto.

La respuesta parece venir de Peter, que vuelve a levantar las fotos satelitales, analizándolas con detenimiento.

—Estas imágenes no corresponden a las instalaciones conocidas de HAARP en Alaska —dice convencido—. Son de una ubicación secreta, probablemente en suelo canadiense. Esto podría explicar la protección que Canadá brindó a Weiss.

La idea cobra fuerza con rapidez en mi mente.

—Canadá podría haber reclutado a Weiss para replicar el proyecto HAARP en su territorio —afirmo con voz segura—. Esto les otorgaría una capacidad tecnológica y estratégica enorme, un arma climática fuera del control estadounidense.

La tensión en el búnker aumenta de modo considerable. Luna rompe brevemente el silencio.

—Eso explica muchas cosas —dice con prudencia—, salvo por qué se están produciendo ahora estos ataques en territorio estadounidense. ¿Qué pretende Canadá con exactitud?

—Observen algo importante —interviene Alain con lógica militar directa—, ninguna ciudad canadiense ha sido atacada. Esto parece indicar una estrategia deliberada de evitar daños colaterales propios.

Andrew levanta ambas manos, intentando moderar la situación.

—Todo esto sigue siendo especulación —advierte

con calma—. Necesitamos más evidencia antes de confirmar esta teoría. Canadá es un país enorme; necesitamos identificar esta nueva ubicación antes de actuar.

Me lanza una mirada significativa, adivinando mis intenciones inmediatas. Mi instinto ya me había empujado a planificar un viaje relámpago a Canadá. Andrew me conoce demasiado bien.

—De acuerdo —afirmo a regañadientes—. Revisemos con calma cada documento. Busquemos algo sólido que confirme la ubicación exacta antes de actuar.

En ese preciso instante, los teléfonos comienzan a sonar casi de manera simultánea. Andrew palidece al leer su mensaje.

—La CIA ha detectado que tenemos estos documentos —anuncia en voz baja—. Nuestro acceso a todas las bases de datos gubernamentales ha sido bloqueado.

Junior recibe una noticia aún peor.

—Acaban de congelar mis cuentas bancarias —dice con desconcierto—, y mi licencia profesional ha sido revocada temporalmente.

Cada miembro del equipo recibe noticias similares, negativas y contundentes. Era claro que nos estaban aislando sistemáticamente.

Por último, recibo yo también un mensaje. La pantalla parpadea con una amenaza simple y directa:

«Tienes 24 horas para entregar los documentos. Después serás considerada enemiga del Estado».

Mi cuerpo se tensa de modo involuntario. Por primera vez en mucho tiempo, siento auténtico miedo, frío y paralizante. La gravedad del momento se asienta con fuerza. La decisión que tomemos ahora definirá nuestro futuro.

Miro alrededor, observando a mi equipo. Sus rostros reflejan sus preocupaciones, pero también su determinación inquebrantable. Sabemos que hemos cruzado un punto sin retorno. Ya no podemos retroceder ni esconder la cabeza en la tierra.

—Bien —digo, tomando de nuevo el control—. Esto significa que estamos cerca de la verdad, más cerca de lo que ellos quisieran. Tratan de asustarnos, quieren que desistamos, pero eso no ocurrirá. —Mi voz se reafirma—. Continuaremos con la investigación. Descubriremos con exactitud dónde se oculta Weiss y qué es lo que Canadá pretende hacer con esta tecnología.

El equipo asiente con firmeza. Mi determinación parece contagiarse entre ellos.

Sé que vienen días difíciles y peligrosos. Ahora somos oficialmente perseguidos por nuestro propio Gobierno. Pero esta amenaza solo reafirma nuestra convicción de llegar hasta el fondo del asunto, sea cual sea el precio.

El camino por delante se ha vuelto oscuro y complicado, pero sabemos muy bien qué hacer. Nos preparamos mentalmente para enfrentar el desafío. La batalla apenas comienza.

La verdad siempre tiene un coste elevado. Pero estamos dispuestos a pagarlo.

18

UN DÍA DIFÍCIL

BÚNKER DE ANDREW, Manhattan
Jueves, 27 de junio, 8:10 p. m.

REVISAMOS una y otra vez los documentos, pero no encontramos nada. Andrew consiguió fotos de HAARP en la web y, como esperábamos, eran instalaciones muy similares a las que aparecían en las dos fotos satelitales que teníamos. Esa era la única evidencia que sugería que la doctora Weiss había continuado su trabajo fuera de Alaska, creando su propio sistema de manejo del clima. El que este se encontrara en Canadá seguía en el campo de las suposiciones, ya que ningún otro informe daba una pista al respecto.

Era apenas una deducción lógica: la mujer escapa a Canadá, el Gobierno de Canadá la protege y aparecen imágenes de un laboratorio como el de Alaska en un lugar misterioso, el cual, por lo que se ve en las fotos, está rodeado de nieve. Si Kessler no estaba mintiendo, ese debía ser el paradero de Weiss. Ese fue el trato, darnos la localización a cambio de Capoeira. Fue lo bastante claro como para que Freddy comprendiera que la situación lo sobrepasaba, pero a la vez, ocultando la posición exacta por motivos que solo la CIA conoce.

—¿Y si buscamos las fotos originales? —pregunta Alain.

—No creo que meter a Luna de nuevo en Langley sea una opción —dice Peter—. Tuvimos suerte una vez, pero no debemos abusar.

—¿Y si entramos por la fuerza? —insiste Alain.

—No, Alain —le contesto mirándolo mal—. Locuras no. Luego de darle esto a Freddy, la CIA ya sabe de su interés por el caso. Aunque existiera la remota posibilidad de entrar en Langley y salir con vida, al primero que buscarían sería a Freddy. No podemos delatarlo así.

—Tal vez no sea necesario entrar a la CIA —dice Andrew que, repentinamente se levanta de la ronda y va hacia sus ordenadores.

—¿No me digas que ahora sabes cómo hackear a la CIA desde aquí? —pregunta Luna, molesta. De ser así, no hubiera tenido que correr los riesgos que tuvo que correr ayer.

—No, no —responde Andrew—, pero la CIA no lanza sus propios satélites. Contrata el servicio de una empresa aeroespacial.

—Dices que podemos hackear a esa empresa —afirmo como tratando de entender lo que está queriendo hacer.

—No, tampoco —contesta Andrew—. Cualquiera de esas empresas que intervengamos desde aquí, terminarán descubriéndonos. Sin embargo...

—Ya te he dicho que no te hagas el misterioso, Andrew —interviene Peter.

—Aquí está —dice Andrew y aprieta una tecla. Luego se aparta de la pantalla para que veamos.

Me pongo de pie y voy hacia él.

—Hay varias empresas que lanzan satélites al espacio —explica Andrew—, pero las de América están todas reguladas por la NASA. Al Gobierno no le gusta que cualquiera nos esté sacando fotos desde el cielo, por eso es que las actividades de los satélites quedan registradas en su centro de cómputos. Por supuesto, si se tratara de un satélite ruso o chino, no podríamos hacer nada. Pero la CIA no utiliza satélites de potencias enemigas.

—Centro GISS —leo cuando estoy cerca de la pantalla—. Goddard Institute for Space Studies de la NASA. ¿Eso está aquí en Nueva York?

—Exacto —responde Andrew— y se encuentra en la Universidad de Columbia, no en una base militar ni en un complejo secreto superprotegido. Así que si Alain quiere entrar a punta de arma, este es el lugar menos peligroso para hacerlo. Es una filial de la NASA que se encarga de temas menores y no tiene mucha seguridad, pero que tiene acceso a la red central. Tenemos una terminal esperando ser hackeada.

—No entiendo —dice Alain—. ¿Lo puedes hacer o tenemos que ir allí?

—No me gusta decir esto —responde Andrew—,

pero en esta incursión, me deberán dar un arma a mí también.

---

*Oficinas del **FBI**, Nueva York*
Jueves, 27 de junio, 8:15 p. m.

FREDDY SALE DEL *PARKING*, conduciendo su camioneta azul. Terminó el papeleo y ahora se dirige al búnker de Andrew para ver que encontró el equipo en los documentos que les dio. Espera que, al menos, luego del embrollo en que lo metió, Kessler le haya entregado lo que necesitaban. Al llegar a la calle ve a un hombre de sobretodo parado enfrente.

—Hablando del diablo —murmura al reconocerlo de inmediato. Era Kessler.

Freddy saca su arma y la pone en el asiento a su lado. Se acerca con el vehículo al agente de la CIA y baja la ventanilla. Vuelve a tomar el arma y la oculta junto a su pierna.

—¿Qué quieres, Kessler? —pregunta Freddy, enfadado—. Me tendiste una trampa.

—No te pongas sensible, Tanaka —le contesta Kessler—. Déjame subir.

Luego de decir esto, Kessler rodea el coche para entrar y sentarse en el asiento del acompañante. Freddy mueve el arma y la oculta junto a la puerta, del lado opuesto al que está subiendo Kessler.

—Déjate de tonterías, Tanaka —dice Kessler—.

Guarda esa arma. ¿Crees que si quisiera matarte lo haría de esta manera?

—No sé qué creer —dice Freddy mientras suelta el arma.

Sabe que Kessler tiene razón, no vendría a matarlo de esa manera. Hay códigos no escritos. La aparición de Kessler de esa manera significa que quiere hablar. Freddy pone en movimiento el coche y se marchan. No quiere que alguien de la oficina los vea.

—Me hiciste cómplice de la muerte de Capoeira —prosigue Freddy—. Se me vendrán los directores encima.

—Vamos, Tanaka —responde Kessler—, eres el puto joven maravilla del FBI. Salvaste al presidente, evitaste una guerra de secesión, y podría seguir enumerando tu historial de éxitos. No me vengas a decir que no puedes manejar a tus jefes, no juegues al tonto conmigo.

Freddy no responde y sigue manejando. Se da cuenta que Kessler, o la CIA, lo tiene vigilado, eso no es bueno.

—Mira, Tanaka —continúa Kessler—, hicimos un trato. Yo cumplí con mi parte y tú con la tuya, así que deberíamos estar bien.

—¿Tu parte? —dice Freddy con ironía, quien ya recibió la información de parte de Ainara . Canadá es enorme, no creo que eso sea exactamente lo que acordamos.

—Te lo explicaré de esta manera —dice Kessler—. Tú me salvaste el culo y yo solo intento salvar el tuyo, agradece que me he tomado la molestia de venir hasta aquí. No hay nada en Canadá para ti. Hay temas en los que es mejor no meterse, y este es uno de ellos. No tienes ninguna autoridad en el exterior, deja eso a quienes sabemos lo que hay que hacer.

—¿Por qué no hacen nada entonces? —pregunta Freddy.

—Diablos, Tanaka. —Sube la voz Kessler—. Eres una maldita espinilla en el trasero. Yo no decido cuándo actuar o no, y tampoco me interesa saber por qué dejan a esa mujer libre. Va más allá de nuestro nivel. ¿Lo entiendes? Toma.

Kessler arroja una carpeta que sacó de su sobretodo encima del salpicadero. Freddy frena de golpe.

—¿Qué es esto? —pregunta Freddy, pero cuando abre la carpeta, se da cuenta de que es un informe sobre él—. ¿Qué mierda? ¿Me estás amenazando?

—Mira la fecha en que se cerró el expediente, estúpido —lo increpa Kessler.

Freddy ve la fecha y comprende que fue unos días después de que él ayudara a dejar limpio a Kessler.

—La iban a usar para obligarte a que me sacaras —dice Kessler mientras Freddy ve fotos en las que se encuentra con Ainara—. Pero tú me ayudaste sin necesidad de que te chantajearan, así que yo, tú mejor amigo de la CIA, presioné para que cerraran tu expediente y luego lo hice desaparecer. Así que tu relación con ciertos prófugos de la justicia quedó en el olvido.

Freddy está sorprendido. Tanto por descubrir que su relación con Ainara era algo sabido por la CIA como porque aquel hombre lo estuviera ayudando de esa manera. No tenía sentido.

—¿Por qué lo haces? —pregunta Freddy cuando,

luego de pensarlo unos segundos, acepta que no tiene idea.

—En mi trabajo, Tanaka —explica Kessler luego de suspirar—, trato con gente muy mala. ¡Mierda! Yo soy muy malo. Todos te traicionan, te pisan la cabeza y hacen lo necesario para sobrevivir sin importar lo que le pase a los demás. Cuando me sacaste de aquel embrollo, revisé tu expediente para averiguar por qué lo hiciste, qué querías conseguir con eso.

Kessler hace un silencio, pero Freddy no dice nada, aún sigue sin comprender.

—Vi que seguías siendo fiel a tu amiga prófuga —prosigue Kessler—. Vi que, a pesar de eso, nunca traicionaste a tu jefe ni al FBI. Al contrario, has resuelto más casos que nadie y te has enfrentado a gente a la que yo no me hubiera atrevido. Como te dije antes, trabajo todo el tiempo entre gente mala, pero tú, Tanaka, tú eres uno de los buenos. Cuando tuerces las reglas o encubres a alguien, no lo haces para tu propio beneficio, lo haces porque crees que es lo correcto. Por eso me salvaste a mí esa vez, porque, a pesar de que me excedí, creíste que era más importante que yo siguiera atrapando criminales a que me pudra en prisión. Lo hiciste porque creíste que era lo correcto.

En ese momento, Kessler mira alrededor. Freddy continúa estacionado. Entonces, Kessler abre la puerta y baja.

—Hice lo que hice porque pensé que, aunque sea una vez, hacía lo correcto. Por eso te digo que no te metas en temas que no te incumben, odiaría que te interpusieras en mi camino —le dice.

Kessler cierra la puerta y se marcha. Freddy lo ve alejarse hasta desaparecer en la esquina. Recién entonces Freddy coge su teléfono y llama a Ainara: debe contarle lo sucedido. Aún duda, ya que no termina de entender si Kessler le dio una mano o lo terminó amenazando.

—Probablemente fueron las dos cosas —se dice a sí mismo—. Ha sido un día difícil.

19

COARTADA PERFECTA

Universidad de Columbia, Nueva York
Jueves, 27 de junio, 11:30 p. m.

La ventaja de esta incursión es que no fue necesario movernos de Manhattan. La Universidad de Columbia es una institución conocida y respetada. Todos saben dónde está; a nadie se le ocurriría que fuera un objetivo. Se ubica en Morningside Heights, un barrio tranquilo, atravesado por Broadway, rodeado de parques e instituciones académicas. La policía patrulla la zona habitualmente, pero sin esperar nada más allá de alguna travesura estudiantil. Esto nos permite movernos con relativa calma. Peter insistió en venir, a pesar de que su tobillo aún no está bien. Acepté con la condición de que se limitara a conducir, dando vueltas en el coche hasta nuestra salida.

Cuando Freddy me llamó más temprano para

contarme su charla con Kessler, le dije que no viniera al búnker y que no nos viéramos por un tiempo. Le expliqué lo que haríamos esa noche y le sugerí que tuviera una coartada. Ideamos un plan. Él debe estar ejecutándolo en este preciso momento.

De aquí en adelante, la precaución será clave. Con un agente como Kessler, es imposible discernir la verdad de la mentira. Afirmó haber borrado los rastros de nuestra relación con Freddy, pero no podemos estar seguros. Por ahora, es mejor mantener la distancia y evitar el contacto.

Mientras Freddy realiza su parte, nosotros ejecutamos la nuestra. Esperamos hasta que fuera muy tarde. Queríamos que no hubiera actividad curricular en la universidad y que el Instituto Goddard estuviera cerrado. Desconocía que la NASA tuviera una sede aquí. Cuando Andrew nos mostró los detalles del lugar, supimos que, para el público general, solo es un museo aeroespacial. Sin embargo, al investigar un poco, se descubre que tienen un laboratorio. Y, como dijo Andrew, se dedican a estudiar el clima y poseen un sector dedicado a las imágenes satelitales. Hacia allí nos dirigimos.

—Volvemos enseguida —le dijo Alain a Peter cuando bajamos del vehículo.

Peter respondió con un gesto de hastío. Nosotros tres comenzamos a caminar.

—No te preocupes, Andrew —le dije—. Esto será fácil; no necesitarás usar tu arma.

—Ya lo sé —me contestó—, por eso me ofrecí a hacerlo.

Eludimos la entrada principal. Rodeamos el edificio

hacia el área de servicios. Andrew había conseguido los planos con anticipación, así que sabíamos exactamente qué hacer. Alain se adelantó; nosotros nos quedamos fuera del alcance de la cámara que cubría el sitio. Se acercó a la cabina del único guardia de seguridad y golpeó el cristal. Desde mi posición, vi cómo el hombre se sobresaltaba; debía estar dormido. No alcancé a escuchar su conversación cuando el guardia abrió la ventanilla, pero vi que Alain sacó su arma y le apuntó al rostro. El hombre levantó las manos y luego se arrojó al piso. Alain se metió por la ventanilla. Primera etapa realizada. Nos acercamos con Andrew. Alain estaba amordazando y atando a su víctima. Ya le había cubierto los ojos, así que no podía vernos.

—De aquí en adelante, siguen solos —dijo Alain mientras accionaba una tecla y un timbre sonó. Solo tuve que empujar la puerta para que se abriera. Entramos. Alain se intercambiaría la ropa con el guardia y se quedaría cubriendo nuestras espaldas. Las cámaras de seguridad solo muestran lo que sucede en esa cabina; los ojos de Alain serían los únicos que seguirán nuestros pasos.

Nos adentramos por los corredores oscuros. Habíamos estudiado bien los planos, así que sabíamos por dónde ir. No iluminé el camino con mi linterna; ignorábamos si había guardias en el interior. Era probable que algún anciano que no había querido retirarse realizara rondas cada hora. Esa información no logramos conseguirla; por eso, debíamos andar con precaución.

No irrumpíamos en una cueva de delincuentes;

entramos en una universidad, con gente que solo cumple un trabajo honesto. No queríamos herir a nadie y, si hacíamos las cosas bien, no sería necesario. El mayor inconveniente era que el Centro Goddard se encontraba en el otro extremo, lo que nos obligaba a atravesar todo el campus para llegar. Podríamos haber entrado por un acceso más cercano, pero las cámaras nos habrían detectado antes. Esta vía era más segura.

—Llegamos —dijo Andrew después de cruzar varios laberintos en penumbra.

La puerta estaba cerrada; tuve que forzarla. Si Peter o Junior hubieran estado, habrían usado sus ganzúas. Pero eso no es mi especialidad. Simplemente, rompí la cerradura. Hice más ruido del que me hubiera gustado.

Miré alrededor; no hubo ningún movimiento. Creí que nadie nos había escuchado. Entramos y cerré la puerta tras nosotros.

Seguí a Andrew; él sabía hacia dónde ir. Ingresamos por una entrada lateral, pero aun así, debíamos atravesar el museo, lleno de fotos y algunas maquetas. Me pregunté cuánto de esto era cierto. Si tienen la tecnología para manipular el clima, en cuántas cosas más nos estarán mintiendo. Salimos del museo y llegamos al laboratorio. Atravesamos una puerta más y, ¡bingo!, entramos a una pequeña habitación llena de ordenadores.

—La sala de monitoreo satelital —dijo Andrew casi babeando.

Parecía un niño en una juguetería. O peor, había un fulgor inquietante en sus ojos. Prefiero quedarme con la imagen del niño. Corrió hasta una silla y se sentó frente a los teclados. Conectó por USB un dispositivo que traía en su mochila.

—Con esto, encontraré la contraseña —me explicó.

Pronto, el dispositivo cambió su luz de rojo a verde.

—Estamos dentro —dijo Andrew. Comenzó a teclear con velocidad. Me encanta cuando dice esa frase—. Tenemos la fecha en que fueron tomadas las fotos y el país. Solo debo encontrar las imágenes que coincidan con esos datos, y tendremos la foto original.

Andrew sacó el primer dispositivo y conectó otro; este era para bajar la información que encontrará. Mi móvil vibró. Miré la pantalla: era Alain. Atendí.

—¿Qué sucede? —pregunté.

—Supongo que rompiste una cerradura —dijo Alain.

—Sí —contesté.

—Entonces, hay un guardia yendo por ustedes en este preciso instante —dijo Alain—. Encontró la puerta rota y dio la voz de alerta. Pronto llegará más gente; incluso deben haber llamado a la policía.

—Okey, me encargo. —Le colgué a Alain y le hablé a Andrew—. Nos descubrieron. Tú haz lo que tengas que hacer lo más rápido posible y no te des vuelta.

—¡Diablos! —exclamo Andrew, nervioso—. Ya casi.

Caminé hasta la pared y me situé junto a la puerta justo cuando escuché que alguien giraba el picaporte. La puerta se abrió. Primero apareció la luz de una linterna, que apuntó directo a la espalda de Andrew.

—Alto ahí, no se mueva —dijo un hombre canoso y desgarbado de más de sesenta años que ahora apuntaba a Andrew también con su pistola.

—No te muevas tú —le dije al hombre mientras le

apoyaba la Magnum en la nuca—. Dame tu arma y no hagas nada estúpido.

Le quité la pistola de la mano, siempre de pie a sus espaldas. Andrew estaba rígido.

—Terminé —dijo, desconectando su dispositivo del ordenador.

—Te diré lo que sucederá ahora, amigo —le dije al guardia—. Aunque no lo creas y nunca te enterarás, estoy salvando a tu familia de una catástrofe que ni te imaginas. Así que colabora. Lo único que debes hacer es caminar a ese rincón sin voltearte y sentarte en el suelo hasta que lleguen tus compañeros. Nosotros nos iremos y aquí no ha pasado nada. Es más, te dejaré tu arma; solo le quitaré las balas para que no estés tentado a cometer ningún error. ¿Entiendes?

—Sí, señora —contestó el hombre con las manos en alto.

—Excelente —respondí—. Hazlo entonces.

Mientras el hombre caminaba hacia la pared, vacié el cargador de su pistola. Las balas hicieron ruido al caer al piso, así que el hombre supo que yo estaba cumpliendo con mi palabra. Su miedo a que lo ejecutara de espaldas debió disminuir.

—Vamos —le dije a Andrew. Él se levantó de la silla para venir hasta mí.

Apoyé el arma del guardia en el piso y la empujé hacia él. Ya estaba sentado en el suelo y sintió el golpe contra su pierna. De inmediato, puso la mano encima, pero no hizo nada; se quedó así. Había comprendido las reglas y las estaba cumpliendo. Bien. No hay nada más humillante para un miembro de cualquier fuerza de seguridad que alguien le quite su arma, así que ahora se sentiría mejor; no tendríamos problemas con él. Salimos de la habitación y cerré la puerta.

—De prisa —dije—. No creo que el viejo intente nada; debe juntar sus balas primero, aunque pronto llegarán más.

Atravesamos el laboratorio y, al llegar a la sala del museo, vimos las luces de linternas moverse tras el cristal de la puerta que rompí. Tomé a Andrew del brazo y nos ocultamos detrás de una maqueta del alunizaje. La puerta se abrió y vi entrar a otros dos guardias con sus armas en alto. Solo esperaba que fueran rápido hacia el laboratorio, antes de que el otro saliera de la sala de monitoreo satelital.

—¡Harry! —gritó uno de ellos.

—Aquí —contestó nuestro amigo, gritando desde la habitación de los ordenadores.

Los hombres corrieron, salieron del museo y entraron al laboratorio.

—Gracias, Harry —dije y me puse de pie.

Era nuestra oportunidad. Andrew me imitó y nos largamos a toda prisa.

—Se acabó el sigilo, Andrew —le dije—. Debemos correr.

Así lo hicimos, por los mismos corredores que utilizamos antes. No nos volvimos a cruzar con nadie. Los tres guardias deben estar buscándonos, pero no saben dónde estamos, y la universidad es grande. De seguro han hablado por intercomunicador con Alain. Espero que no hayan sospechado nada. Al llegar a la puerta, salimos.

—¡Entren a la cabina ya! —dijo Alain.

Me sorprendió, pero escuché el sonido de una sirena de policía deteniéndose y ni siquiera miré. Le hicimos caso y nos echamos al piso junto al guardia que se encontraba amordazado, vendado y desnudo. Le apoyé mi arma en el pecho.

—No hagas un solo ruido —le dije—, ya nos vamos.

Alain presionó la tecla para abrir la puerta y salió de la cabina con su uniforme de guardia de la universidad. Lo vi ir hacia la puerta y abrirla. Luego no vi más porque me cubrí mejor tras un pequeño gabinete; solo escuché.

—Hola, oficiales. —Alain los recibió con un tono de urgencia—. Pueden entrar por aquí.

—Buenas noches —dijo uno de los policías—. Explíquenos qué sucede, por favor.

Los policías no ingresarían a no ser que hubiera una amenaza inminente. Alain también lo sabía, así que algo inventaría.

—Un hombre armado ingresó al edificio —dijo Alain—. Ya atacó y redujo a un guardia. Apúrense, por favor.

Bien hecho, Alain. Eso fue suficiente para que se vieran obligados a entrar, pero no demasiado para que tuvieran que esperar refuerzos.

—Central, soy Rogers desde la universidad —dijo uno de los policías por su intercomunicador—. Hay un intruso armado, posible toma de rehenes. No sabemos su ubicación. Solicito permiso para proceder.

Más valía que los autorizaran a entrar, porque si no, estaríamos complicados.

—Permiso concedido —respondió una voz por el

intercomunicador—. Ingresen, verifiquen la situación y ubiquen al agresor. No usen la fuerza a no ser que no quede alternativa. Solo contengan la situación hasta que lleguen refuerzos.

—Comprendido —contestó el oficial—. Vamos.

Escuché que se cerró la puerta y Alain regresó.

—Es hora de irnos —dijo, apurándonos.

Nos levantamos y salimos, cubriéndonos los rostros. La cámara de la patrulla debe seguir encendida y no queríamos que nos registrara. Así que nos alejamos lo más rápido posible hasta que vimos el coche de Peter acercarse y subimos.

—¿Se complicó? —preguntó.

—Solo un poco —respondí—, pero nadie salió lastimado y tenemos lo que necesitamos.

Cuando el coche arrancó, cogí de vuelta mi teléfono y le mandé un mensaje a Freddy:

«Terminamos», escribí, «Espera cinco minutos y haz tu parte».

BAR EN BROOKLYN, Nueva York
Viernes, 28 de junio, 12:10 a. m.

FREDDY BEBIÓ un último trago en la barra. Tomó su teléfono y le envió un videomensaje por WhatsApp a Kessler.

—Bueno, viejo —dijo, simulando algo de ebriedad—. Me cansé de esperarte, así que bebí por los dos. Como te dije hace una hora, solo quería festejar que eché esa mierda a la basura. Me voy.

Freddy terminó la llamada, sacó un billete de cien dólares y se lo mostró al cantinero. Lo dejó sobre la mesa y se fue. Sabía que si alguien preguntaba por él, el cantinero recordaría su rostro a la perfección. Nadie olvida a alguien que te regala cien dólares. Coartada perfecta.

20

UN PUNTO NEGRO EN LA NIEVE

BÚNKER DE ANDREW, Manhattan
Viernes, 28 de junio, 12:40 a. m.

LA PUERTA del búnker se abre de golpe y Andrew irrumpe casi corriendo. Bob ladra de inmediato, girando la cabeza hacia mí con esos ojos que parecen preguntar qué demonios le pasa.

—Tranquilo, Bob —susurro, acariciándole el lomo con movimientos pausados—. El tío Andrew solo está un poco ansioso.

Andrew conecta el dispositivo a su sistema con manos nerviosas, sus dedos se mueven a una velocidad impresionante sobre el teclado.

—Como les adelanté en el coche —explica sin apartar la mirada de la pantalla—, no podía revisar las fotografías con un posible tiroteo a mis espaldas. Guardé todas las imágenes tomadas sobre Canadá en esa fecha. Son aproximadamente cuatrocientas.

Luna se acerca a los monitores, inclinándose sobre el hombro de Andrew. La tensión en su cuerpo es palpable.

—¿Entonces no sabes si tenemos algo concreto? —pregunta, y su voz delata una ansiedad que raramente muestra.

—No... digo, sí —se corrige Andrew—. Sí sé que lo tenemos. Vi las miniaturas antes de cargarlas y están las que nos dio Kessler. Ahora las veremos en grande y con toda la información. Solo necesito...

Sus palabras quedan suspendidas cuando sus ojos se iluminan con el hallazgo.

—Aquí están —anuncia con una satisfacción apenas contenida—. Las ampliaré.

La pantalla se llena con las fotografías originales que la CIA nos proporcionó, seguidas por otras cuatro del mismo lugar, pero menos ampliadas. El contraste del punto negro sobre el vacío blanco es sobrecogedor.

—Miren. —Alain señala la foto menos ampliada, y su dedo casi toca la pantalla—. Esa base es apenas un punto negro en un océano blanco infinito.

Luna se cruza de brazos, estudiando las imágenes con ojo crítico.

—Sí —confirma—. Esas instalaciones están en el medio de la nada absoluta, rodeadas por nieve hasta donde alcanza la vista. Exactamente, lo que esperaría de alguien que no quiere ser encontrado.

Andrew inserta las coordenadas en un GPS y el mapa se despliega ante nosotros, mostrando un punto parpadeante en un territorio que parece sacado de otro planeta.

—Está literalmente en el medio de la nada —confirma—. Isla de Banks, extremo norte de Canadá. Uno de los lugares más inhóspitos del planeta.

—Es un lugar al que ni siquiera los osos polares irían de forma voluntaria —comenta Alain, frotándose los brazos como si pudiera sentir el frío a través de la pantalla.

—Por suerte —interrumpe Peter desde el sillón donde reposa su pierna herida—, no estamos planeando unas vacaciones.

La atmósfera del búnker cambia con sus palabras. Todos percibimos el giro en la conversación.

—¿Qué quieres decir, Peter? —pregunta Junior, aunque su tono sugiere que ya intuye la respuesta.

Peter me mira directamente, sus ojos conectan con los míos con esa intensidad que siempre me descoloca.

—Que está mucho más cerca que Rusia —responde sin apartar la mirada—, y puede que allí tenga algún contacto que nos pueda facilitar el acceso.

Siento los ojos de todos sobre mí. La pregunta flota en el aire denso del búnker.

—¿Crees que deberíamos ir? —le pregunto, adivinando sus intenciones. El corazón me late un poco más rápido al pronunciar esas palabras.

—No sé si debemos ir —responde tras una pausa calculada—, pero sé con certeza que podemos hacerlo. La cuestión es si vale la pena arriesgarnos.

El silencio que sigue es pesado, significativo. Todos

recordamos el acuerdo: primero localizaríamos a Weiss y luego tomaríamos una decisión. El momento ha llegado.

—Discutamos entonces —digo, apoyando las manos en la mesa central—. Repasemos los hechos: Weiss dirigía un proyecto secreto de control climático, fue despedida hace dos años acusada de utilizar esa tecnología para fines personales y huyó a Canadá. Inesperadamente, Canadá rechazó su extradición con excusas ridículas, lo que nos lleva a suponer que la querían para desarrollar un proyecto similar para ellos. Ahora aparecen estas fotos satelitales de hace un mes. ¿Por qué justo ahora? ¿La buscaban desde su huida u ocurrió algo que reactivó la cacería?

Andrew gira su silla hacia nosotros, dejando de modo momentáneo las pantallas.

—Descargué también el historial de fotografías satelitales de Canadá del último año —dice—. La frecuencia de capturas en todo el norte despoblado aumentó exponencialmente una semana antes de que tomaran estas imágenes. Pasaron de diez diarias a más de trescientas. No fue coincidencia; desplegaron todo su arsenal tecnológico para encontrarla, y lo consiguieron.

Camino con lentitud alrededor de la mesa, procesando la información.

—La CIA decidió buscar desesperadamente a su doctora fugitiva después de dos años de ignorarla —continúo, sintiendo cómo las piezas empiezan a encajar—. Es más que sospechoso. Luego eliminan al *hacker*, el único que mantenía algún tipo de conexión con ella.

—Un momento —interrumpe Peter, incorporándose ligeramente—. Fuerza Natural está aún más vinculada con Weiss. Tal vez deberíamos pedirle a Freddy que investigue antes de que la CIA también los alcance.

Lo corto en seco, mi tono no admite réplica.

—Ni hablar. Freddy está en descanso obligatorio. Lo mantendremos por completo al margen para protegerlo. Si la CIA quiere silenciar a Fuerza Natural, no es nuestra batalla en este momento.

—Entendido —cede Peter, recostándose de nuevo.

Con una expresión calculadora, Luna se acercó a la mesa central.

—Podemos especular infinitamente —dice, trazando círculos imaginarios con su dedo sobre la superficie—, pero lo más probable es que Weiss haya vuelto a sus andadas. Se rebeló contra quien fuera que la controlaba ahora, y la CIA recibió órdenes de localizarla.

—En definitiva, no se rebeló contra nuestro Gobierno —señalo—. Eso ya lo hizo antes y por eso está prófuga.

Alain frunce el ceño, procesando la información.

—¿Se rebeló contra el Gobierno canadiense entonces? —pregunta, buscando claridad.

Luna niega con la cabeza.

—El Gobierno de Canadá debería conocer la ubicación exacta de sus propias instalaciones secretas —explica con lógica aplastante—. Y, ciertamente, no recurrirían a la CIA para encontrarla en su propio territorio.

Peter deja caer su cabeza hacia atrás en el sillón, cerrando los ojos de manera momentánea. Cuando los abre, hay una oscuridad en ellos que reconozco demasiado bien.

—No es posible —murmura, más para sí mismo que para nosotros.

—¿Qué estás pensando, Peter? —le pregunto, sintiendo un escalofrío anticipatorio.

Endereza la cabeza y me mira directamente.

—No quiero sonar paranoico —dice, midiendo cada palabra—, pero ya lo mencioné antes como posibilidad.

—¿Qué cosa? —insisto, necesitando que verbalice lo que todos comenzamos a temer.

—Todo en esto lleva la firma del Anillo —concluye al fin; su voz desciende una octava—. Operan por encima de cualquier Gobierno, desprecian las fronteras, y ya sabemos que manipulan a la CIA cuando les conviene.

—Entendido —respondo, sintiendo cómo sus palabras se me asientan en los hombros.

Me dejo caer en el sillón, junto a Peter. La sola mención del Anillo me vacía las reservas, como si alguien hubiese abierto una válvula dentro de mí.

—Es una posibilidad real —admito—. No sería la primera vez que la CIA les hace el trabajo sucio.

Luna cruza los brazos, desafiante.

—¿Y eso cambia algo en la práctica? —pregunta, examinándome—. Sea quien sea su empleador o de quien se haya apartado, tenemos que detenerla. Aquí, en Nueva York, ya no hay pistas. Podríamos secuestrar a Kessler y exprimirlo, pero dudo que nos revele algo nuevo, y esta noche ha dejado claro que podría ser un aliado.

Vuelve a la pantalla y, con determinación, señala las instalaciones.

—La desquiciada está ahí —dice, golpeteando la

imagen—. Ha provocado apagones en varios países; solo en Nueva York murieron veinticuatro personas entre la tormenta y los cortes de luz. No sabemos qué planea hacer después. El objetivo es simple: ir a la isla de Banks y pararla.

—Ainara —interviene Junior, con la mirada fija en mí—, la lógica de Luna es irreprochable, como siempre.

Devuelvo la mirada, luego recorro a cada miembro del equipo. Siento sus ojos pendientes de mi veredicto. El peso de la decisión me oprime el pecho, pero mi mente ya está decidida. Me incorporo, estirando los músculos entumecidos.

—Propongo que durmamos —anuncio con firmeza —. Es tarde y mañana algunos volaremos a Canadá. Necesitamos descansar; lo que nos espera requerirá hasta la última gota de energía.

El silencio que sigue confirma que todos han comprendido. El reloj roza la una de la madrugada, pero sé que ninguno dormirá de verdad. El frío implacable del norte y una científica enloquecida nos aguardan al otro lado de la noche.

21

INICIO DEL VIAJE

BÚNKER DE ANDREW, Manhattan
Viernes, 28 de junio, 10:20 a. m.

—HE arreglado todo para que lleguen a destino —anuncia Andrew en cuanto estamos reunidos—. La base está dentro del Parque Nacional Aulavik.

—En un parque nacional, claro —exclama Alain—. ¿Alguien duda todavía de que Weiss trabaja para el Gobierno canadiense? No levantas una instalación así sin que las autoridades lo sepan.

—La cuestión es si todavía trabaja para ellos —replica Luna— o si Canadá entiende realmente lo que hace allí.

—Ya se ha rebelado otras veces para seguir su propia agenda —recuerda Junior—. Podría estar haciéndolo de nuevo.

—Si fuera así —insiste Alain—, ¿no la habrían detenido ya? Para mí, sigue cobrando del Gobierno.

—No tenemos a quién preguntarle —intervengo—, ni aquí ni allí. Lo averiguaremos cuando la atrapemos. A estas alturas, da igual para quién lo haga. Anoche Luna lo explicó con claridad: sabemos dónde está, conocemos de lo que es capaz y debemos pararla. Después —si es posible— iremos por quienes la financian; un proyecto así no se paga con calderilla.

—Cuéntanos más del lugar —pido a Andrew.

—Por supuesto. Lo «interesante» —dice, marcando las comillas con los dedos— es que la base está dentro del círculo polar ártico. Hace mucho frío.

—¿Y qué tiene eso de interesante? —protesta Peter.

—Era solo una forma de hablar —se disculpa Andrew.

—Ya dije que no iría allí de vacaciones —remata Alain.

—Tú quizás no —sigue Andrew—, pero algunos sí. La costa sur de la isla de Banks recibe turismo, poco, pero lo hay. Gracias a eso, he encontrado una ruta de entrada.

—¿Quién decide pasar sus días libres en un desierto helado? —farfulla Junior.

—Hay fauna imposible de ver en otro lugar… —empieza a explicar Andrew, pero lo corto con un gesto.

—Volvamos al tema. ¿Algún detalle más?

—Sí. Del aeropuerto al parque la cosa se complica: tendrán que arreglárselas solos.

Me giro hacia Peter, que ya no mantiene el pie en alto: intenta fingir que está curado.

—Dijiste que tenías contactos en Canadá. Llámalos. Necesitamos armas y, por lo visto, otro tipo de equipo.

—No se preocupen por la ropa —añade Andrew—. La compraré en línea y la recogerán en el aeropuerto. Pero, una vez en la isla, quedarán incomunicados. Tal vez alcancen a contactar por radio con el continente, nada más.

Asiento.

—Necesitaremos apoyo en tierra canadiense. —Miro a Andrew—. Añade un billete para Junior: será nuestro enlace.

—Entendido. Van tú, Luna, Alain… y Junior.

—¿Perdón? —Peter se endereza—. No he oído mi nombre. ¿Cuándo decidiste quién va?

—Vamos, Peter —le digo con suavidad—. Con tu tobillo así, no puedes ir al Ártico.

—Estoy perfect… —empieza a decir, pero se detiene al ver mi expresión—. Como quieras. Llamaré a mis contactos: armas, radios… ¿algo más?

—Vehículos de nieve —propone Andrew— y quizás un guía local.

—Lo incluiré —contesta Peter.

—Saldrán en tres horas del JFK —retoma Andrew—. En diez minutos, tendré impresos los documentos con sus nuevas identidades. Para cuando lleguen al aeropuerto, el resto de los billetes estará confirmado. Los dejaré lo más cerca posible de Banks, pero necesito que Peter cierre lo del armamento para ajustar la ruta definitiva.

AEROPUERTO DE TORONTO, Canadá
Viernes, 28 de junio, 3:30 p. m.

EL SALTO A TORONTO fue un suspiro, apenas hora y media de vuelo. Aun así, el estómago se me encoje al oír el golpeteo metálico de la escalera contra la puerta del avión: cada sonido nos recuerda que, a partir de este punto, el margen de error es mínimo. Descendemos, manteniendo la distancia acordada. Luna y Junior —el flamante matrimonio Hart— avanzan primero, brazos entrelazados con la naturalidad de quien celebra una luna de miel improvisada. Alain y yo venimos dos filas detrás, convertidos en hermanos: él es «John», el menor curioso que lleva la cámara colgada al cuello; yo soy «Claire», la hermana mayor que intenta mantenerlo a raya. No nos dirigimos la palabra en el JFK y tampoco lo haremos aquí; el silencio es la llave que mantiene a salvo nuestras identidades.

El pasillo que conduce a Inmigración está saturado de turistas; huele a café recalentado, perfume libre de impuestos y humedad estancada. Avanzamos con calma estudiada: la impaciencia delata. Bajo las luces frías de los paneles led, nuestros rostros adquieren un tono pálido que hace más creíbles las ojeras de tantas noches sin dormir.

Cuando por fin sellan nuestros pasaportes y la puerta automática se abre, respiro hondo. Activo el wifi del aeropuerto; la vibración del móvil me confirma que Andrew no ha perdido el tiempo:

«Próximo vuelo 17:00, misma terminal, destino

Yellowknife. Tienen margen para recoger la ropa térmica y los teléfonos que compré. Con la SIM local tendrán señal decente hasta llegar a la isla. Repartí las compras en tiendas distintas para cada "pareja": eviten cruzarse. Yellowknife es la ciudad grande más cercana; Peter gestiona el "equipo" allá. No habrá más aviones: seguirán por tierra hasta la costa. Trabajo en la forma de cruzar a Banks; les avisaré en cuanto tenga algo sólido».

—Todo un agente de viajes —murmura Alain, con media sonrisa, mientras lee sobre mi hombro.

—Andrew es un hombre orquesta —le respondo, devolviéndole la sonrisa. Y lo pienso de verdad. Es analista, *hacker*, falsificador y, ahora, asesor turístico de destinos imposibles.

Contengo un fugaz impulso de revisar otra vez nuestra ruta; no sirve de nada dudar de Andrew. Mi equipo es brillante: Luna razona a la velocidad de la luz; Junior se mueve en las sombras con la precisión de un escalpelo; Alain improvisa como si llevara la suerte cosida a los dedos. Liderarlos es un privilegio… y, también, una losa. El miedo no es caer yo; es arrastrarlos a todos conmigo.

—Vamos, John —le digo, señalando la hilera de locales que se abre frente a nosotros—. Toca comprar. Se acabaron los ensayos: empieza la misión en serio y Freddy no estará para sacarnos las castañas del fuego.

Alain deja las bromas a un lado. Su expresión se vuelve sobria, casi solemne.

—Así que, por fin, entramos al capítulo peligroso, ¿cierto?

—Sí —respondo, sintiendo el peso de la palabra

clavarse en la boca del estómago—. Peligroso de verdad; del tipo que no admite segundas tomas. De este lado del hielo no habrá red de seguridad… solo nosotros y lo que podamos llevar en el equipaje de mano.

Alain asiente, traga saliva y alza la vista hacia los carteles de «Sale» que parpadean sobre nuestras cabezas. Ambos damos el primer paso, sincronizados, hacia el laberinto de tiendas que marcará el último instante de calma antes de que la tormenta ártica dicte sus propias reglas.

22

LA HOSPITALIDAD CANADIENSE

*AEROPUERTO DE YELLOWKNIFE, Canadá
Viernes, 28 de junio, 10:10 p. m.*

DESCENDEMOS DEL AVIÓN, enfundados ya en ropa térmica: parkas acolchadas, pantalones impermeables y botas que crujen al pisar la escarcha. Aun así, el frío me muerde el rostro, el único fragmento de piel que queda a merced de la intemperie.

—Alain —le susurro mientras avanzamos hacia la salida—, juraría que he visto a un tipo que también estaba en Toronto.

—Es normal, el vuelo venía completo de Toronto —responde, encogiéndose de hombros.

—No es solo eso; sentí que nos observaba en ambos aeropuertos.

Alain esboza una sonrisa ladeada.

—Eres una mujer bonita, Ainara. Más de uno se te queda mirando.

No alcanzo a replicar porque una camioneta oscura se detiene junto al cordón. Junior conduce; Luna ocupa el asiento del pasajero, con la mirada fija en los retrovisores. Subimos sin demorarnos.

—Hola, chicos —saludo, acomodándome en la segunda fila—. ¿Notaron algo raro en los aeropuertos? ¿Alguna cara repetida?

—Nada sospechoso —contesta Luna, lacónica—. ¿Por qué?

—Simple prevención —miento mientras Alain se sienta a mi lado—. Supongo que estoy paranoica.

Junior saca el vehículo del *parking* y encara la avenida principal, un tramo iluminado por farolas amarillentas que oscurecen más el cielo.

—¿Siguiente parada? —pregunta Alain, frotándose las manos para entrar en calor.

—Una taberna en las afueras —explica Junior—. Los contactos de Peter nos pasaron la ubicación.

Alain resopla con alivio.

—Al menos los amigos de Peter cumplen, eh.

Junior sacude la cabeza.

—No exactamente: en Yellowknife no hay ningún «amigo» suyo. Solo averiguaron dónde podíamos conseguir armamento y equipo básico. Nada de escoltas.

—Son las diez pasadas —intervengo—. Quizás convenga pasar la noche en un hotel y reunirnos con esa gente mañana.

—Ya verifiqué un lugar decente —dice Junior—:

habitaciones, calefacción y desayuno a primera hora. Está en ruta hacia la taberna.

Asiento, observando a mis compañeros bajo la débil luz del tablero. Luna analiza el retrovisor con gesto atento; Alain trata de disimular el cansancio; Junior no aparta las manos del volante. Siento un latido de orgullo. Este es mi equipo, mi responsabilidad.

—Perfecto —digo al fin—. Mañana sabremos qué tan confiables son los contactos de Peter… y si nuestro misterioso observador vuelve a aparecer, no le perderé la pista.

Afueras de Yellowknife, Canadá
Sábado, 29 de junio, 12:30 p. m.

La taberna abre justo al mediodía, de modo que apuramos un desayuno tardío y nos presentamos puntuales. El local se alza junto a la carretera, aislado y rodeado de abeto ralo y grava helada. Aparcamos frente a la puerta; solo nos preceden una camioneta vieja y seis motocicletas alineadas como soldados.

—¿Quién en su sano juicio conduce una moto con este frío? —farfulla Alain.

—Hombres duros —responde Luna—. Del tipo que no levanta la mirada si le pones un fusil sobre la mesa.

Empujo la puerta del coche y me incorporo.

—A ver, John —le recuerdo a Alain—, ¿qué nombre tenemos del contacto?

—Ninguno —contesta Junior desde el asiento del copiloto—. Solo el lugar. Los de Toronto no soltaron más.

No me entusiasma entrar a ciegas, pero hemos viajado demasiado para darnos la vuelta. Descendemos y cruzamos hasta la entrada. Al abrir la puerta, un murmullo grave se disuelve en la penumbra: la taberna es oscura, angosta, huele a madera húmeda y ron barato. Seis tipos de aspecto peligroso —los moteros— beben alrededor de dos mesas; todos giran la cabeza hacia nosotros con idéntica desconfianza. Nos instalamos en la única mesa libre.

—Tenía razón Luna —susurra Junior—. Son rudos de catálogo.

—Ah, me recuerdan a mis viejos tiempos —se jacta Alain, —. Un ambiente acogedor, como el salón de mi infancia… en la casa del terror.

—¿Crees que haya camareros? —bromea Junior.

—No, desde luego que no —contesto, desabrochando el abrigo—. Y deja la silla quieta: la necesitarás para cubrirte.

Alain hace ademán de levantarse para pedir bebidas, pero se topa con un hombretón tatuado, barbudo, que lo bloquea.

—Se equivocaron de bar —gruñe el gigante—. Tomen sus cosas y lárguense antes de que me canse de verles la cara.

Alain me lanza una mirada de consulta. Antes de que responda, decido intervenir:

—No —digo desde mi asiento—. Hemos venido por negocios.

El barbudo esboza una sonrisa torcida y avisa al resto. Cinco se ponen de pie. Luego señala a Alain:

—Gringos. Aquí no pintan nada, enano —dice y dirige su mano al pecho de Alain.

Él esquiva el golpe, retuerce el brazo del tipo y lo arroja sobre nuestra mesa, que cruje bajo su peso. Me incorporo justo cuando otro me toma del brazo: aprovecho su tirón para impulsarme y le encajo una patada ascendente en la mandíbula; retrocede aturdido. Apoyo una mano en la silla y lo remato con un puntapié al pecho. Dos de sus compañeros lo sujetan, y se giran hacia mí con la clara intención de abalanzarse.

La escena estalla en un *ballet* caótico: Junior gira con la silla en alto y la estampa contra el hombro de un coloso que apenas se inmuta; Luna aparece y lo fulmina con una patada certera en la entrepierna. Alain, mientras tanto, se bate a puños contra otro, bloqueando y devolviendo golpes con elegancia despiadada. El primero —el de la barba— intenta alzarse de la mesa, pero le estampo un codazo en la nuca y vuelve al suelo.

Entonces, truena un disparo. Todos nos quedamos inmóviles. El tabernero, un tipo fornido con gorro de lana, sostiene una escopeta humeante. apuntando al techo. La baja lo justo para encañonarnos.

—Tienen diez segundos para decir quiénes son y qué demonios quieren —espeta con calma helada.

—Estamos de paso y necesitamos armas —respondo sin apartar la vista de la boca del cañón—. En el avión no nos dejaron facturarlas.

El hombre me estudia. Los moteros lo miran, esperando su veredicto. Sus labios se curvan y rompe a reír.

—«En el avión no nos dejaron...» —repite entre carcajadas, y su coro lo acompaña.

Cuando recupera el aliento, pregunta:

—¿Por qué suponen que aquí podrían conseguirlas?

—Un amigo en Nueva York habló con un contacto en Toronto —explico con la verdad desnuda—. Ese contacto nos mandó aquí.

—¿Nombre del contacto en Toronto? —inquiere sin cambiar el gesto.

—No lo sé. Si quiere lo averiguo ahora mismo.

—¡Bah! —Resopla, bajando un poco la escopeta—. Da igual; apenas presto atención a los nombres. ¿Para qué quieren armas tan al norte? ¿Van a asaltar el banco del pueblo?

—No —le corrijo—. No son para el continente. Las necesitamos en la isla de Banks.

Uno de los moteros alza la voz:

—¿Pretenden cazar osos polares?

—No —respondo—. Pretendemos cazar a una psicópata que se esconde allí.

El tabernero baja por fin el arma y niega, entre divertido y asombrado.

—Están completamente locos.

—Tal vez —interviene Alain, encogiéndose de hombros—, pero somos locos con dinero. ¿Eso cambia algo?

El tabernero sonríe, se apoya la escopeta al hombro y hace un gesto hacia la barra.

—Lo suficiente. Pasen, les sirvo algo caliente y empezamos de nuevo.

Le devuelvo la sonrisa y recojo mi abrigo del respaldo.

—Ya era hora de comprobar la famosa hospitalidad canadiense.

23

EL FIN DEL MUNDO

AFUERAS DE YELLOWKNIFE, Canadá
Sábado, 29 de junio, 1:00 p. m.

—ME LLAMO LIAM —anuncia el tabernero cuando ya estamos apoyados en la barra, con la cerveza empañando el vaso—. La casa invita; siento la recepción hostil.

—No pasa nada —le respondo, levantando el vaso—. Estamos curados de espanto.

Liam se encoge de hombros, como si fuera parte del folclore local, y añade con un deje de pesar:

—Me temo que su viaje podría haber sido en vano.

—¿Cómo es eso? —pregunta Alain, torciendo el gesto.

—Puedo venderles armas, sí —explica el tabernero—, pero llevarlas a la isla de Banks es otra historia. En avión, solo llegarán a la costa; no existe una ruta terrestre.

Miro a mi equipo. En casa siempre encontramos la manera; aquí no será distinto.

—Entonces, necesitarás ayudarnos con esa parte —digo, tranquila—. Lo que nos falta es un avión.

Liam suelta una carcajada grave.

—Me gusta el humor yanqui —dice, reiterando su frase favorita—. Denme un minuto, haré una llamada. Solo hay una persona capaz de ese trabajo y no suele estar ociosa.

Marca y se aparta un poco; apenas distinguimos su parte de la conversación.

—Hola, Charlie —saluda—. Tengo unos amigos que necesitan llegar a Banks… Sí, ya sé. Nada comercial, y sí, traen efectivo.

La voz al otro lado es apenas un rumor metálico. Liam posa los ojos en mí.

—¿Hoy mismo les serviría?

—Si es posible, mejor —contesto, sorprendida por la rapidez.

—Perfecto, Charlie. En tres horas estarán listos.

Cuelga y vuelve hacia nosotros. Alain alza las cejas; Junior y Luna asienten con discreción.

—Tienen más suerte de la que pensaba —explica Liam—. Charlie los dejará en Paulatuk, la población costera más próxima. Les advierto que es un pueblo diminuto. El alojamiento será… creativo.

—¿Así de sencillo? —pregunto—. ¿No necesita coordinar con la torre, permisos, algo?

—Les dije que hoy estaban tocados por la suerte —responde, encogiéndose como quien no da crédito—.

164

—Estupendo —apunta Alain, palmeando la barra—. Pongámonos en marcha: aún queremos ver qué «juguetes» tienes para nosotros.

—Naturalmente —concede Liam, sonriendo—. Pasemos al almacén y hablemos de negocios.

Al fin y al cabo, pienso mientras apuro la cerveza. Si el fin del mundo tiene una antesala, debe de parecerse mucho a esta barra perdida en el Ártico.

PAULATUK, Canadá
Sábado, 29 de junio, 6:30 p. m.

LAS ARMAS RESULTARON SER justo lo que buscábamos. El contacto de Peter no exageró ni un ápice. Charlie, por su parte, cumplió de sobra; nos esperó con la avioneta a la hora pactada y en menos de dos horas aterrizábamos en Paulatuk. Desde el aire confirmé lo que nos advirtieron: no hay forma de llegar por tierra; solo tundra blanca, lagos esmeralda y un desierto de hielo interminable.

Antes de embarcar, le pregunté a Charlie dónde podríamos dormir.

—Solo hay un hotel —respondió—. Si les preguntan a qué vienen, digan que son biólogos, antropólogos... cualquier cosa académica. Aquí la única gente de fuera viene a estudiar algo. Yo me encargo de que alguien los lleve.

—¿Y el cruce a la isla? —insistí.

—Déjenmelo a mí —aseguró—. Conozco a la persona indicada.

Parecía que, por una vez, todo se alineaba. Charlie era exactamente el comodín que necesitábamos.

Al tomar tierra, se volvió a nosotros con otro aviso:

—La isla es enorme y el clima, traicionero. Van a requerir equipo especializado. También puedo ocuparme de eso.

Confiar no es mi deporte favorito, pero no teníamos alternativa. Dependíamos de él por completo.

—Estamos en tus manos —admití mientras descendíamos.

El «aeropuerto» no pasaba de una pista de grava, un hangar diminuto y una caseta de madera. Charlie se dirigió directo a la caseta; un hombre salió a su encuentro, intercambiaron un apretón de manos y un sobre cambió de bolsillo. Parte de nuestro adelanto, supuse. Tras una breve conversación, Charlie regresó.

—Frank les conseguirá transporte al hotel —explicó—. Yo tengo sus números; esperen mi llamada y vayan aclimatándose. Lo que les aguarda es más duro que esto.

No hubo que esperar casi nada. Cinco minutos después, una camioneta se detuvo frente al hangar y nos llevó a «la ciudad»: un puñado de cabañas desperdigadas cerca de la costa, apenas medio centenar de construcciones sobrias golpeadas por el viento. Mientras tanto, Junior llamó a Andrew para que cerrara la reserva del hotel —otra cabaña grande, aislada, a unos doscientos metros del mar embravecido— y le informó que este sería nuestro último punto de contacto.

Si Paulatuk ya parecía el fin del mundo, cuesta imaginar el aspecto del lugar donde se esconde Weiss. Pero la duda no nos detendrá; tan pronto suene el teléfono de Charlie, seguiremos avanzando hacia ese vacío helado.

24

LA ISLA DE BANKS

Paulatuk, Canadá
Domingo, 30 de junio, 10:30 a. m.

El teléfono sonó al amanecer. Era Charlie. Había encontrado a quien nos cruzaría el estrecho: un tal Christopher. Nos indicó que siguiéramos la costa unos diez kilómetros al sur.

Partimos con la primera luz. La camioneta que Junior había logrado alquilar saltaba sobre huellas heladas; a un kilómetro del punto acordado la carretera se disolvió en un lodazal congelado y seguimos a pie. El aire olía a sal y gasóleo viejo. Cuando la playa apareció, había una lancha varada en la grava y, junto a ella, un hombre alto, envuelto en un anorak verde oliva.

—Tengo todo lo que pidió Charlie —anunció en cuanto nos vio.

Se acercó al bote y, con ambas manos, retiró una lona blanquísima que ocultaba un gran bulto. Bajo la tela relució una moto de nieve compacta.

—Habrá que apretarse —comentó—. Solo cabe una persona.

—Seremos tres —respondí—. Nos las arreglaremos.

Christopher asintió y me tendió una mochila sucia.

—Esto también es suyo.

Al abrirla, descubrí dos radios satelitales del tamaño de un ladrillo, con antenas telescópicas. Le pasé uno a Junior. Después le pedí la bolsa de víveres deshidratados y la guardé junto al otro equipo.

—En las alforjas de la moto van un hornillo y pastillas de combustible —añadió Christopher—. Podrán derretir nieve para beber.

Nuestros ojos se cruzaron; Luna frunció el ceño. La travesía prometía ser todo menos cómoda.

—¿El alcance de estos radios es suficiente? —pregunté.

—Son los que usan los cazadores furtivos —explicó, encogiéndose de hombros—. Entre aquí y la isla no habrá señal, pero desde la costa oriental deberían oírse sin problema.

—Algo es algo —murmuró Alain, ajustándose los guantes.

—Imagino que querrán billetes de regreso —prosiguió Christopher—. Si sobreviven, su amigo me avisará y vendré a buscarlos.

Preferí ignorar el «si sobreviven». Sabía que lo decía sin mala intención: solo constataba una posibilidad real.

—¿Y el rumbo? —pregunté.

—Bolsillo lateral —indicó.

De allí saqué un pequeño GPS sujeto a una cinta de velcro.

—Introduzcan las coordenadas —dijo—. Si la pantalla se queda muda, sigan rumbo norte-noreste; la isla es imposible de perder... siempre que soporten el frío.

Junior se acercó y, en voz baja, deslizó la pregunta inevitable:

—¿Estás segura?

Esbocé una sonrisa. Sabíamos que la respuesta no podía ser otra.

—No hemos llegado hasta aquí para darnos la vuelta —susurré—. Solo es otro día en la oficina, ¿recuerdas?

Christopher carraspeó.

—Hora de zarpar.

Leí la petición muda en sus ojos y entregué el sobre con el efectivo. No lo contó; lo deslizó en su chaqueta y empujó la proa hacia el agua gris. Nos despedimos de Junior —nuestro vínculo con el continente—; luego Alain arrojó el bolso con las armas a bordo y subimos tras él. El motor fueraborda rugió, salpicando esquirlas de hielo.

Mientras la costa se encogía a nuestras espaldas, comprendí que estábamos dejando atrás el último vestigio de civilización. Delante se extendía un océano oscuro y, más allá, la isla de Banks: un páramo donde se decidiría si regresábamos como cazadores... o como presas del hielo.

Después de cinco horas de sacudidas y salitre, la lancha roza por fin la costa sudeste de la isla. El termómetro de mi muñeca marca −8 °C, pero el viento lo hace sentir como si el mercurio estuviera clavado varios grados más abajo. Cada bocanada de aire arde en la garganta y las diminutas esquirlas de agua salada, convertidas en agujas de hielo, me punzan la piel expuesta entre la máscara y la bufanda. Aun así, agradezco la ropa térmica: sin ella no habríamos sobrevivido al trayecto.

Christopher salta al agua poco profunda y, para mi sorpresa, se desliza sobre una capa de arena completamente congelada, tan pulida que la lancha acaba de entrar y encallar como si atravesara una pista de patinaje. Lo imito con cautela; las suelas cramponadas resbalan un instante antes de aferrarse a la superficie helada. Luna y Alain bajan detrás, y entre los cuatro maniobramos la moto de nieve fuera de la embarcación. El trineo metálico chirría, pero, por suerte, la quilla improvisada no se abolla.

—No se entusiasmen con la velocidad —advierte Christopher, ajustándose el gorro—. Este cacharro se comporta mejor sobre nieve blanda que sobre hielo puro; no sé qué clase de terreno encontrarán más arriba.

—¿Cuánta gasolina hay en el depósito? —pregunta Luna, siempre pragmática.

—Si no juegan a los exploradores —responde él—,

deberían llegar sin problema. Llevan un bidón extra en la alforja izquierda. Para el viaje de vuelta, en cambio, tendrán que reabastecer donde sea que terminen.

—O sea, solo pasaje de ida —musita Alain, cerrando el compartimento de las armas—. Se suponía que nos darías todo lo necesario.

—Más peso era imposible —se defiende Christopher —. Además, donde se dirigen seguro hay combustible. No construyes algo en medio del Ártico sin un depósito decente.

Sus palabras nos erizan la nuca. Me adelanto un paso, el viento me roba el aliento.

—¿Qué sabes realmente? —le pregunto, tanteándolo.

Duda, mira hacia el horizonte gris como si buscara permiso en las olas.

—Estamos aislados, sí, pero no somos idiotas —responde al fin—. Hace un par de años la actividad aérea se disparó: hidroaviones que aparecían de la nada, vuelos nocturnos que no informaban plan de ruta. Algún cazador me contó que levantaban estructuras grandes en el extremo norte de la isla, pero nadie sabe para qué. Suena a una base privada, militar o... algo peor. Supongo que ustedes piensan llegar hasta allí.

Le sostengo la mirada; no hay por qué fingir a estas alturas.

—Exacto —admito—. Y no venimos de turismo.

Christopher deja escapar un resoplido que podría ser risa o lástima.

—Pues si están lo bastante locos para plantarse en el fin del mundo y quizás no volver, les deseo buena suerte. La van a necesitar.

Nos quedamos en silencio unos segundos más, mientras el hielo cruje bajo nuestras botas y el zumbido lejano de la lancha vacía rompe el silencio polar. Después de todo, pienso, esto ya no es un simple operativo: es la última frontera antes de lo desconocido.

25

HUELLAS EN LA NIEVE

Isla de Banks, Canadá
Domingo, 30 de junio, 4:30 p. m.

Las palabras de Christopher encajan con lo que ya sospechábamos, aunque me sorprende la exactitud de sus datos. Para un hombre que vive al margen de los mapas, sabe demasiado. En cuanto la lancha queda varada sobre el hielo, decido comprobar el resto del equipo. Saco uno de los radios satelitales y extiendo la antena, que cruje como un alambre tenso.

—Pulsa el uno —me indica Christopher, palmeando el casco de la moto—. Programé ambos aparatos para esa frecuencia.

Obedezco y espero; la señal tarda un latido en estabilizarse.

—¿Hola? —La voz de Junior crepita, recortada por la distancia—. ¿Llegaron bien?

—Sí, todos ilesos —respondo, clavando la vista en el horizonte marino, como si pudiera verlo—. Estamos en tierra firme. Te llamaré cada tanto mientras avancemos, a ver hasta dónde aguanta la señal.

—Perfecto —contesta—. Me quedaré en línea. Buena caza, Ainara.

Cuelgo. Miro a Christopher y asiento en reconocimiento silencioso; él responde con idéntico gesto. Hasta ahora, todo ha funcionado como un reloj suizo, y esa perfección me incomoda. La operación se desliza con una facilidad sospechosa. En mis misiones nada sale tan liso; el caos, por lo general, es mi compañero de ruta. No puedo evitar preguntarme si alguien, en algún lugar, nos abre puertas que no vemos... o si es solo mi paranoia habitual afinando la puntería.

—Cuando quieran regresar —dice Christopher, empujando la proa hasta que raspa sobre la superficie vítrea—, basta con avisarle a su amigo. Yo volveré.

No tenemos ocasión de replicar; se sube de un salto, arranca el motor y la lancha se aleja, dejando tras de sí un surco que se congela al instante. El silencio del Ártico cae sobre nosotros como una manta húmeda. Resonamos dentro de él: nuestras respiraciones, el chasquido de la nieve bajo las botas, el zumbido tenue del viento.

Examino el panorama: un desierto blanco y ondulado que se extiende hasta fundirse con el cielo plomizo. Saco el GPS, entrego la mochila a Luna y activo el dispositivo; la pantalla se ilumina con un parpadeo verde. Tecleo las coordenadas que Andrew nos envió y la flecha digital apunta hacia el corazón de la isla.

—Doscientos ochenta kilómetros —anuncio—.

Alain, tú conduces; Luna estará en medio con la radio, yo atrás con el bolso de las armas.

Alain chasquea la lengua.

—Mierda, eso son al menos seis horas si no nos metemos en ningún ventisquero. Llegaremos cuando empiece a oscurecer.

—Aquí no hay verdadera oscuridad —lo corrige Luna—. Con el sol de medianoche, tendremos esta claridad casi todo el tiempo. Tengo entendido que solo se atenúa un poco pasada la medianoche.

Amarro el GPS con la tira de velcro justo delante del manillar para que Alain lo tenga a la vista. El viento golpea mi capucha y arrastra cristales de hielo que se pegan a las pestañas.

—Christopher sabe lo que hace —reconoce Alain, ajustando el cierre de su parka.

—En este lugar, la gente que no sabe lo que hace se muere pronto —añade Luna, sin dramatismo.

Alain nos mira, tiene las pupilas dilatadas tras las gafas ámbar.

—¿Y nosotros? ¿Sabemos lo suficiente?

Aprieto la correa del fusil sobre mi hombro y subo a la parte trasera del asiento.

—Eso está por verse —contesto—. Lo descubriremos en los próximos doscientos ochenta kilómetros de nieve.

Alain arranca el motor; el rugido grave rompe la quietud, vibrando en el aire gélido como un desafío. La moto se desliza hacia adelante y deja la primera marca oscura sobre el blanco inmaculado: nuestra firma en territorio enemigo. Mientras avanzamos, me convenzo de que cada kilómetro será un examen, no solo de resistencia física, sino de la fe ciega que depositamos unos en otros.

Si la isla nos observa —y sé que lo hace—, acaba de notar nuestras huellas. Y no hay marcha atrás.

PARQUE NACIONAL AULAVIK, isla de Banks, Canadá
Lunes, 1 de julio, 2:30 a. m.

EL TRAYECTO nos había exprimido al límite. Confiábamos en cubrir los doscientos ochenta kilómetros en poco más de seis horas, pero la realidad del Ártico se vengó de nuestra ingenuidad. Cada media hora teníamos que detenernos a frotarnos las manos, masticar un puñado de proteína compactada y calentar nieve en el hornillo para obtener unos tragos de agua tibia. Los brazos se convertían en plomo tras sesenta minutos aferrados al manillar estremecido por vibraciones; por eso nos turnamos, quien quedaba en medio robaba un rato de descanso y un mínimo respiro del viento. Aun así, el cansancio se nos metió en los huesos como una astilla helada.

El terreno se reveló como un laberinto blanco: sobresaltos de colinas, espejos de lagos petrificados y planicies donde la luz se reflejaba hasta enceguecer. Varias veces el GPS nos obligó a rodear superficies que parecían suelo firme, pero eran cristal pulido. Un paso en falso y la moto se habría convertido en un rompehielos improvisado. Terminamos usando el bidón de reserva cien kilómetros antes de lo previsto; cuando vaciamos la última gota en el depósito, supe que llegaríamos con la aguja en rojo, o no llegaríamos.

El sol de medianoche apenas se resbaló hacia el horizonte, tensando sombras largas y azuladas. Con cada kilómetro, el GPS parpadeaba más lento, como si el frío devorara su batería. Cuando el dibujo del edificio emergió en la lejanía —una silueta oscura clavada en la llanura—, sentí un pinchazo de alivio que casi duele.

—Ahí —murmura Luna, apoyada contra mi espalda. Alain va detrás de ella, rígido como una estatua—. Ese rectángulo es un edificio.

Detengo la moto y apagamos el motor. El silencio se vuelve tan espeso que diría que podemos oír nuestros propios latidos. El depósito indica un hilo de combustible, nada más. Todo parece calculado al milímetro, como si alguien siguiera nuestro avance con un cronómetro.

La instalación se levanta tras una reja metálica de dos metros. Cien metros más adentro, un bloque de dos pisos se extiende en dos alas simétricas y, detrás, un bosque de antenas altísimas.

—Esas torres son idénticas a las de los programas HAARP —susurra Alain—. Artilugios para manipular la ionosfera… o el clima.

—¿Y las más pequeñas en la valla? —pregunta Luna, señalando un rosario de antenas secundarias.

—Ni idea. Sensores tal vez… o un cerco de microondas —responde Alain, frunciendo el ceño.

El aire trae un zumbido grave. Aguzo el oído; al principio lo confundo con el viento, pero no, es un motor de combustión.

—Luces, allí —advierte Alain.

Dos focos convergen a la distancia. No hay tiempo que perder.

—A cubrirnos —ordeno.

Divisamos un montículo de nieve a unos treinta metros: una roca monstruosa tapizada de hielo. Arranco la moto y aceleramos hasta quedar detrás. Apago el motor y un escalofrío corre por mi nuca. El sudor, atrapado bajo la ropa, se congela.

Alain desenrolla la lona blanca, la extiende sobre la moto, y Luna la asegura con nieve comprimida. El viento arrecia con furia repentina; la nieve golpea como perdigones. Nos apelotonamos bajo la lona. El espacio es mínimo, y apenas respiramos se forma una nube de vaho que vuelve a caer en escarcha sobre nuestros rostros.

Los motores se detienen justo donde nos habíamos parado antes. Se oyen voces entrecortadas por el vendaval. Una de ellas, grave, suena a pocos pasos.

—Huellas frescas, Luka. Puede que tengamos compañía.

—Tal vez sean de la patrulla anterior —responde una voz metálica por radio—. Con esta ventisca, no encontrarán nada, regresen.

—Entendido, pero confírmame si alguien patrulló este sector —insiste el primero.

Contengo la respiración. El silencio posterior parece eterno. Luego, los motores vuelven a rugir y se alejan hasta desvanecerse.

Esperamos cinco minutos, que se hacen interminables. Oigo los latidos de Luna, acelerados, en mi espalda.

Alain se inclina y aparta un borde de lona; solo entra un resplandor lechoso y nieve horizontal.

—No se ve ni su sombra —susurra al volver a cubrirse—. Esta ventisca los habrá borrado.

Luna enciende una linterna de luz roja; las caras de mis compañeros flotan como lámparas en la penumbra.

—Nos quedaremos quietos hasta que el viento pierda fuerza —anuncio—. Y en cuanto amaine, salimos. Aún nos separan cien metros de la reja. Si avanzamos con la nieve soplando, no nos verán ni sus cámaras.

—Y, con suerte, tampoco notarán la moto —agrega Alain—. Cuando esto escampe, ya estará enterrada.

Asiento. El vendaval sacude la lona como si quisiera arrancárnosla de las manos, pero también borra nuestras huellas, cubre el motor aún caliente y cancela cualquier rastro de nuestra presencia. En el Ártico, a veces, el peor enemigo se convierte en aliado.

Sentados en silencio, con la tormenta golpeando encima y el edificio acechando a cien pasos, siento que el mundo se ha reducido a este pequeño refugio improvisado. Todo lo que importa —la misión, la lealtad, la vida misma— cabe bajo esta lona húmeda y temblorosa. Dejamos que la nieve siga cayendo, esperando el respiro preciso para dar el siguiente paso. Si algo he aprendido, es que en la helada del fin del mundo los segundos de paciencia valen más que cualquier bala.

26

LOS INTRUSOS

Parque Nacional Aulavik, isla de Banks, Canadá
Lunes, 1 de julio, 3:00 a. m.

El ulular del viento pierde fuerza hasta convertirse en un murmullo. Deslizo la lona y asomo la cabeza: la ventisca ha cedido lo justo para distinguir contornos borrosos. Cada movimiento duele; los músculos se han quedado rígidos y la humedad helada cala la ropa térmica.

—Es ahora o nunca —digo en voz baja, obligándome a salir del escondite.

—Por fin —gruñe Alain, frotándose los brazos—. Prefiero arriesgarme a una bala que quedarme aquí hecho un cubito.

Intento incorporarme y oigo el gemido de Luna.

—Ayuda… las piernas no me responden.

La tomamos por los hombros y la ponemos de pie;

sus rodillas tiemblan, pero, tras unos pasos, recupera la circulación y asiente con determinación. Bordeamos el montículo cubierto y avanzamos hacia la verja por el flanco de las antenas. Erguidas a pocos metros, cada estructura metálica se revela como un gigante oscuro de veinte metros, cargado de sensores.

—No hagas contacto con los mástiles —susurra Alain—. Podrían tener un leve campo eléctrico de detección.

Me limito a asentir. Apoyo la bota en el eslabón de la reja y, con cuidado, trepo; el metal cruje, pero aguanta. Al llegar arriba, nos deslizamos hasta el otro lado y aterrizamos en nieve compacta. Los abrigos blancos son nuestra mejor cobertura: en medio de los copos aún danzantes, nos volvemos sombras translúcidas.

Apenas tocamos suelo, nos acuclillamos. El edificio principal, gigantesco y silencioso, se alza a cien metros. Entre nosotros y su fachada hay un patio desierto, roto apenas por una fila de farolas apagadas y dos motos estacionadas. Al fondo, un hangar lateral exhibe una puerta corrediza entornada.

—Parece que la ronda volvió al garaje —murmura Luna con la voz rasposa por el frío—. Tendremos que atravesar ese claro sin dejar huellas nuevas.

—Podemos usar la línea de farolas como cobertura parcial —susurro—. Y mantenernos a sotavento para no levantar nieve.

Alain revisa el cargador de su arma, lo encaja con un clic casi inaudible.

—Listo cuando digas, jefa.

Respiro hondo. El aire helado quema, pero también despeja la mente. Miro la fachada: ventanas veladas, luces mínimas; si hay guardias dentro, estarán pegados a algún monitor, aburridos por la monotonía polar. Confío en que el viento y nuestros trajes hagan el resto.

—Avanzamos en ráfagas de quince metros —indico—. Yo primero, luego Luna, Alain cierra. Si alguien nos alumbra, nos tiramos cuerpo3 a tierra y disparamos solo si no queda otra.

Mis compañeros asienten en silencio. Me impulso y echo a correr; la nieve me llega a media espinilla, cruje suave bajo las botas. Cada paso deja un hueco, pero enseguida el viento cubre la pisada con una nueva capa fina. Contemplo las antenas a nuestra espalda, altísimas y frías como agujas de un reloj siniestro, marcando el tiempo que nos queda antes de que este lugar despierte.

Apenas lleguemos a ese edificio, pienso, comenzará la verdadera batalla. La de puertas electrónicas, pasillos estrechos y la mente trastornada de Weiss. Pero ese desafío es para luego. Primero hay que cruzar los cien metros de blanco absoluto que nos separan del umbral.

Y ya dimos el primer paso.

———

NOS APROXIMAMOS AL EDIFICIO: un bloque macizo, pétreo, sin una sola rendija en la planta baja. Las únicas ventanas aparecen en el nivel superior, demasiado altas para alcanzarlas. Necesitamos una entrada. Giro a la derecha y descubro otro cubo idéntico. Desde la fachada principal parecía uno solo, pero aquí, a ras del suelo, distingo claramente dos volúmenes unidos por algún corredor interno. Señalo esa dirección con el índice; mis compañeros asienten y avanzamos.

Las bufandas cubren nuestras bocas y las gafas protectoras eclipsan cualquier gesto, de modo que marchamos en un silencio absoluto, casi fantasmal. Tras unos metros, la puerta aparece. Es metálica, discreta, ajena al color del hormigón. Cuando vamos a acercarnos, Alain me sujeta del brazo. Sigue con la mirada la línea de la pared hasta un pequeño domo, a dos metros sobre el dintel. Se trata de una cámara. Aprieta la pistola oculta en su bolsillo y me la enseña de soslayo.

Evalúo la situación. Si ya nos vieron, disparar no nos dará ventaja; si pasamos inadvertidos, el estruendo nos delatará. Niego con la cabeza y le indico que se concentre en la cerradura. Me acerco a su oído.

—Ábrela sin hacer ruido.

Alain deja el bolso con el resto del armamento en el suelo y maniobra con las ganzúas, pero los guantes entorpecen sus movimientos. El aire denso del callejón huele a óxido y humedad; quizás por eso oigo tan nítido el clic final del mecanismo. Cruzamos a toda prisa, cerramos detrás y, al fin, respiramos con libertad. Capuchas, gafas y bufandas caen al suelo como pieles inservibles.

—Por fin —mascula Alain—. Con estos guantes era un suplicio.

Una luz roja parpadea sobre la puerta. Luna la señala y en su semblante veo un ceño profundo.

—Tenemos un problema: acabamos de anunciar nuestra llegada.

Contengo el impulso de maldecir. La luz se apaga de repente, devolviendo la penumbra al pasillo.

—Quizás no —susurro—. Sea como sea, no nos quedemos aquí.

Más tarde sabría que, en ese mismo instante, un operador de seguridad llamado Luka bloqueó la alarma desde la sala de control. Observó cómo nos deteníamos ante la cámara, cómo dudábamos y, aun así, forzábamos la entrada. Él, que solo debía pulsar un botón y llamar refuerzos, eligió no hacerlo. Le quedaban treinta minutos de turno y decidió emplearlos en encontrarnos y escucharnos antes de que alguien revisara las grabaciones.

Según reconstruí después, apagó el indicador de acceso, identificó el corredor por el que nos movíamos y localizó la sala donde nos refugiamos. Se levantó de la silla, buscó algo con la mirada —su termo de café—, lo tomó y salió, decidido a interceptarnos.

Yo, ajena a su elección, sentía ya el pulso acelerado en mis venas y el eco de mis propias pisadas dentro de aquel laberinto de concreto. Habíamos pasado la primera puerta; la partida apenas comenzaba.

27

LUKA VOLKOV

BASE SECRETA, isla de Banks, Canadá
Lunes, 1 de julio, 3:20 a. m.

SALIMOS del corredor a toda prisa y damos con un cuarto angosto, sin cámaras a la vista. Percheros metálicos exhiben abrigos gruesos, todavía impregnados del aire helado del exterior. El leve soplo tibio que me roza el rostro me hace notar, de golpe, cuán entumecida estoy: la piel arde, como si despertara de una anestesia. Reparo en las mejillas lívidas de mis compañeros; hemos pasado el día entero tragando ventiscas árticas sin un respiro digno.

—Necesitamos parar, Ainara —murmura Alain con la voz hecha trizas—. Yo, al menos, no sigo un paso más.

—Coincido —añade Luna; sus rodillas tiemblan bajo la ropa húmeda—. Siento las piernas de papel.

—De acuerdo —contesto—. Nos quedamos unos minutos y recuperamos aliento.

Alain se despoja del chaquetón, y la tela cruje empapada.

—Ustedes dos —ordena, sin alzar mucho la voz—. Quítense lo mojado y duerman media hora. Yo montaré guardia; luego veremos.

Tiene razón. Sin algo de calor y glucosa, no duraríamos ni una refriega corta. Me descuelgo el abrigo y tomo uno del perchero. Lleva un logotipo bordado: «B C C C».

—¿Alguna idea? —pregunta Luna, señalando las letras.

—Ni la más mínima —respondo mientras jalo la cremallera.

—«Basura Climática Criminal y... Congelada» —rezonga Alain con sarcasmo.

Un destello plateado en el rincón me llama la atención. Son bidones repletos de un líquido ambarino. Alain destapa uno y aspira.

—Combustible —afirma—. ¿Lo cargo en la moto?

—Ni pensarlo; no estamos para otra excursión —contesto, y en ese instante el picaporte rechina.

Al mismo tiempo empuñamos las armas. La puerta se abre apenas, lo justo para que se cuele una mano sosteniendo... un termo. Me preparo para disparar, pero al ver aquel cilindro temblar en la penumbra, elevo la mano libre, frenando a mis compañeros.

—Es café —anuncia una voz con acento del este—. Estoy desarmado. ¿Puedo pasar?

Alain sospecha y niega. Me encojo de hombros: no tenemos muchos ases.

—Entra despacio y con las manos en alto.

El desconocido obedece y asoma ambas manos, luego el cuerpo entero, y empuja la puerta con el talón. Alto, de cabello claro, rondando los cuarenta; los rasgos delatan raíces rusas.

—Dispongo de pocos minutos —advierte—. Soy Luka Volkov, ingeniero. Los observé desde la sala de control y anulé la alarma cuando forzaron la entrada. Nadie más sabe que están aquí.

—¿Por qué encubrirnos? —pregunta Alain—. ¿Qué buscas?

—Mis motivos son míos —replica Luka—, y el reloj corre. En breve vendrán a relevarme; si no estoy, sospecharán. Tampoco deberían quedarse. Cualquier guardia podría aparecer.

Vacilo.

—El radar no detectó vuelos —prosigue—, así que llegaron por tierra. Deben de estar exhaustos y medio congelados. Tomen.

Nos tiende el termo. Ninguno se mueve. Suspira, desenrosca la tapa y bebe un trago.

—Ya no quema, pero está cargado de azúcar. Les dará lo justo para mantenerse en pie.

Vuelve a ofrecerlo. Bajo el arma y acepto. El primer sorbo —dulce, espeso— me sacude como una descarga; noto sangre caliente regresar a los dedos. Le paso el recipiente a Luna.

—Gracias —musito.

—Por el tono de su piel —opina Luka—, rozaron la hipotermia. Recojan la ropa mojada y síganme. Conozco un lugar sin cámaras donde podrán descansar de verdad.

Alain bebe mientras mantiene la mira fija en el ruso.

Yo analizo al recién llegado. Si quisiera entregarnos, bastaría llamar a dos centinelas y acabaría el juego. En nuestro estado, ni siquiera podríamos desenfundar a tiempo. Decido apostar por él, al menos por ahora.

—Te seguimos —le informo, ajustando la correa del rifle.

El aroma dulzón del café aún flota en el aire cuando salimos del cuarto, guiados por un aliado tan inesperado como imprescindible.

Salimos detrás de Luka y nos internamos en un laberinto de pasillos metálicos. El eco de nuestras botas resuena apenas, amortiguado por el cansancio. Después de un par de giros, llegamos a un portón doble de acero. Luka acciona el cerrojo sin esfuerzo y nos invita a entrar.

El interior es un hangar inmenso, apenas iluminado por lámparas industriales que cuelgan como lunas amarillas. Huele a grasa, polvo helado y cables quemados. A un costado se alzan grúas inmóviles; delante, piezas de las antenas exteriores que descansan sobre caballetes, envueltas en lonas escarchadas. Todo parece suspendido en un silencio de máquina apagada.

—Es la zona menos transitada de la estación —explica el ingeniero, con voz baja—. Mientras las antenas no den problemas, nadie se asoma. No hay calefacción, pero encontrarán suficiente para cubrirse.

Alain, que aún no guardó el arma, alza el cañón hacia la esquina más cercana.

—Allí hay una cámara —advierte.

—Lo sé —contesta Luka con naturalidad, mientras que yo apuro las últimas gotas de café—. Pero lleva una semana muerta; nadie se molestará hoy. No puedo quedarme más. Descansen. Cuando el cambio de turno llene los pasillos y me pierda entre la gente, volveré con algo caliente de verdad.

Se gira para marcharse y lo detengo con un hilo de voz.

—¿Luka, verdad?

Se vuelve, los ojos grises brillando en la penumbra.

—Sí.

—Gracias —digo, devolviéndole el termo.

Su sonrisa es breve, casi tímida. Toma el recipiente y desaparece tras la puerta.

Apenas se cierra el portón, Alain rompe el silencio.

—No me fío de él.

Le palmeo el hombro con suavidad.

—Lo sé. Pero alguien tiene que vigilar, y tú eres el único con energías para ello. Luna y yo nos vamos al suelo. Si se te ocurre otra opción, la escucho.

—Por ahora, ninguna —contesta, colocándose junto a la entrada como una sombra erguida.

Luna ya ha despegado varias lonas de un equipo de mantenimiento y las sacude, dejando caer cristales de escarcha.

—Son térmicas —murmura—. Nos salvarán de congelarnos.

La ayudo a extenderlas sobre un rincón resguardado entre cajas. Mientras acomodo un bulto a modo de almohada, no puedo evitar pensar en Luka. Desconocido, sí, pero también la única razón por la que seguimos con vida. Mi intuición me susurra que es de fiar; aun así, cuando regrese, si lo hace sin escolta, le exigiré respuestas.

Cierro los ojos. El hangar mantiene un frío seco, soportable bajo la lona. El murmullo lejano de la ventilación marca el compás de mi respiración. Faltan horas para el amanecer; necesito cada minuto de sueño antes de que la partida vuelva a ponerse en marcha.

28

LA BASE INEXPUGNABLE

Base secreta
Lunes, 1 de julio 6:30 a. m.

Un crujido metálico me arranca del sueño. Abro los ojos a medias y veo a Alain, tenso, con el fusil encajado en el hombro y la mirada fija en la puerta. Un instante después baja el arma; la amenaza se disipa. Me incorporo. A mi lado, Luna parpadea, todavía atrapada entre el sueño y el frío.

Luka entra con paso rápido, cargando una bolsa de lona que deposita sobre una prensa hidráulica. El vapor que escapa de la cremallera huele a comida real.

—¿Traes de comer? —pregunta Alain, con el estómago más alerta que la cabeza.

—Cumplo lo prometido —responde Luka mientras reparte el botín—. Guiso caliente para tres, agua y más café.

Luna se abalanza sobre el recipiente humeante; apenas prueba la primera cucharada, suspira, agradecida.

—A ver si aclaramos algo —dice Luka, apoyando la espalda contra una viga—. No son ladrones; nadie atraviesa medio Ártico para robar chatarra. Sus armas no son de caza. ¿Quiénes son en realidad?

—Empieza tú —replica Alain con la boca llena—. ¿Por qué ayudarnos sin saber qué buscamos?

Luka acaricia el termo vacío, como si necesitara esa ancla para hablar.

—Porque, por la forma en que entraron, sé que no trabajan para esta gente, y eso es justo lo que necesito: aliados de fuera. Quiero escapar y no puedo hacerlo solo. Carezco de... vena aventurera. Si ustedes han llegado hasta aquí, deben de tener un camino de vuelta.

—¿Y por qué deseas huir? —pregunto.

—Porque lo que hago aquí no coincide con el proyecto que acepté. Y en este lugar nadie dimite: se «queda» o se queda. La única salida es fugarse, y ustedes son mi boleto.

—Aún ignoras a qué hemos venido —interviene Luna, ya con el cuenco vacío entre las manos.

—No me importa —dice Luka sin titubear—. Si me sacan de la isla, les prestaré mis conocimientos, las llaves que poseo y el acceso que controlo.

Alain asiente con cansancio; el turno de vigilia le ha pasado factura.

—Me rindo —murmura—. Necesito una hora de sueño.

—Duérmete —le concedo, recogiendo su arma—. Yo haré guardia.

Luna bosteza.

—Despiértame cuando te flaqueen los párpados —dice mientras se enrosca de nuevo bajo la lona térmica.

Quedo a solas con Luka. Le señalo un bloque de motor abandonado cerca de la salida. Nos sentamos. Un resplandor grisáceo se insinúa tras los ventanales opacos. Era ya de mañana.

—Ainara —me presento—. Ella es Luna; el gruñón es Alain.

Luka sonríe, con esa calidez inesperada que me desarma un poco.

—Un placer, Ainara. ¿Qué hace una mujer decidida como tú en un sitio al borde del mapa?

La pregunta me arranca otra sonrisa, pero no desvío la conversación.

—Antes necesito entender qué ocurre aquí de verdad. Explícamelo.

Luka asiente despacio.

—De acuerdo, lo haré simple. —Señala el emblema en mi abrigo—. «B C C C» significa Base de Control Climático Canadiense. El nombre suena inocente: «controlar» sugiere vigilar, pero en realidad significa manipular. Con la financiación adecuada, podríamos desviar tornados, acabar con sequías, florecer desiertos… En teoría, un paraíso tecnológico.

Hace una pausa, mira el suelo y continúa:

—Yo era ortodoxo, muy creyente. Mi hermano murió en una inundación; mi fe se quebró y volqué toda mi rabia en la ciencia. Un tío abuelo mío, que participó en el Proyecto Manhattan con Oppenheimer, definió lo que llamó los «estados de Volkov», fenómenos de ionización atmosférica que alteran la dinámica de las nubes. Basé mi tesis en esa teoría: modelar tormentas para salvar vidas. Años después, la doctora Weiss, a quien nunca había visto, rescató aquel trabajo polvoriento y me trajo aquí. Pensé que al fin convertiría mi duelo en algo útil...

Sus dedos tamborilean contra el metal, la voz se vuelve densa.

—Pero la investigación derivó en otra cosa. No preguntes por revistas ni patentes: todo está fuera de los radares académicos. Aquí se experimenta con escalas que ningún comité ético aprobaría. Y cuando lo entendí, ya era tarde; en esta base, dimitir equivale a desaparecer bajo el hielo. Por eso necesito marcharme.

Lo observo: ni fanfarronería ni miedo impostado, solo fatiga y determinación. Mi instinto, curtido en demasiadas traiciones, no capta dobleces.

—De acuerdo, Luka —digo al fin—. Si realmente puedes abrirnos puertas, quizás podamos abrirte la nuestra. Pero antes debo hablarlo con mi equipo.

Asiente, aliviado.

—Tienen hasta el cambio de guardia. Luego, todo se complica.

Sus palabras cuelgan en el aire, tan frías como el metal que nos rodea. Miro a Alain y a Luna, envueltos en lonas térmicas; el vapor de sus respiraciones marca pulsos lentos. Sé que las próximas horas decidirán si salimos vivos... o si nos convertimos en otro secreto enterrado bajo la nieve ártica.

—Eso era lo que esperabas, ¿cierto? —comento,

escrutando el rostro abatido de Luka—. Pero la realidad es muy distinta.

—Exacto —admite, clavando la mirada en el suelo —. Entré para salvar el mundo y me vi atrapado en un proyecto capaz de arrasar ciudades enteras. Un arma genocida.

—Por eso quieres escapar.

—Sí. Y no solo por eso. Cuando me opuse a que la doctora Weiss lanzara tormentas sobre varias ciudades, me amenazaron. Ahora me tienen en la mira.

Me inclino hacia él.

—Quizás podamos hacer algo.

—Bien. ¿Cuál es el plan? —pregunta Luka, alzando la vista con un destello de esperanza—. ¿Huimos, avisamos a la caballería? ¿Los marines vienen y reducen todo a escombros?

—Me temo que no será tan sencillo —respondo, midiendo cada palabra—. No pertenecemos a ningún Gobierno.

Sus cejas se alzan, mezcla de sorpresa y decepción.

—Actuamos por nuestra cuenta —preciso—. Digamos que hacemos justicia cuando nadie más lo hace.

—¿Justicieros? —balbucea, su acento ruso le da al término cierta comicidad involuntaria.

—Algo así.

—¿Y cómo piensan impartir justicia?

—No necesitamos marines para destruir la base.

—¿Ustedes tres? —insiste, incrédulo.

Asiento.

Una risa breve y seca escapa de su garganta.

—Bueno, es una solución tan buena como cualquier

otra. Pero deben darse prisa: en dos días este lugar será impenetrable.

—¿Por qué?

—Porque no me trajeron para desarrollar el sistema que ioniza la alta atmósfera —explica en voz baja—, eso ya lo tenían. Me contrataron para diseñar un segundo anillo de antenas que actúan en capas bajas. Su alcance es limitado, pero crean un escudo alrededor de la base. Cuando se active, generará una tormenta permanente; cualquier objeto, ya sea misil, dron o persona, quedará desviado o pulverizado antes de acercarse. Y si detecta un ataque, puede intensificarse en segundos. En cuarenta y ocho horas la base será inexpugnable, y ellos podrán desencadenar desastres a escala continental con total impunidad.

El peso de sus palabras me oprime el estómago. Somos la única barrera entre esa amenaza y el resto del planeta.

—La doctora Weiss es tu jefa, ¿verdad?

—Sí. Cuando la conocí parecía querer salvar a la humanidad. Comprendí su verdadera naturaleza demasiado tarde. Se cree Dios, decide quién vive y quién muere. Yo también perseguí ese poder... Ahora sé por qué nunca debería pertenecerle a los hombres.

Descubro culpa y amargura en sus ojos, pero también determinación.

—¿El Gobierno canadiense respalda esto? —pregunto, intentando recomponer el rompecabezas.

—Al principio lo creí, pero descubrí otro poder tras el telón. Alguien mueve los hilos... o lo movía. —Calla un instante, luego sacude la cabeza—. Hablaremos de ello después. Falta poco para el inicio del turno. De las siete a las veintiún horas hay actividad constante; a las diez de la noche la base queda casi desierta. Les conviene esperar hasta entonces. Yo buscaré la forma de… —Hace un gesto amplio—. Hay que destruir esto, ¿cierto?

—Exacto. Podría salvar vidas, pero mientras exista, estará en manos equivocadas.

Luka asiente con tristeza, se incorpora y se encamina hacia la puerta.

—No hagan nada hasta que regrese.

—Lo prometo —respondo.

La puerta se cierra y, durante un instante, solo escucho el eco lejano de los ventiladores. Me sorprendo confiando en un desconocido, pero recuerdo cuántas veces me traicionó gente en la que creía conocer. La fidelidad no depende del tiempo, sino de las decisiones. Y algo en Luka Volkov, quizás su honestidad exhausta, me inspira más confianza que muchas caras familiares.

Mientras observo a Alain y Luna dormir bajo las lonas térmicas, comprendo que nuestro margen se reduce a horas. Si Luka vuelve sin escolta, tendrá respuestas; si aparece con guardias, sabré a qué atenerme. Mientras tanto, afilo el plan en mi mente y me preparo para la noche polar que decidirá si el mundo vuelve a amanecer.

29

EL REGRESO DEL ANILLO

Base secreta
Lunes, 1 de julio, 6:00 p. m.

DESPERTÉ con esa brusquedad que deja el cuerpo aturdido, como si la mente llegara antes al mundo y el resto tardara unos segundos en acoplarse. Habíamos dormido casi todo el día, refugiados bajo la lona térmica y el zumbido monótono de los extractores. El entumecimiento que me atenazaba al entrar en la base se disipó: la sangre circulaba con fuerza, las articulaciones obedecían y la cabeza volvía a ser mía.

Alain y Luna ya estaban erguidos, arropados con el aire metálico de la nave. Les resumí —con la voz aún ronca—lo que Luka me había confiado. El escudo climático se activaría en cuarenta y ocho horas y era necesario de destruir la sala de servidores antes de que aquello se volviera un fortín inviolable. Ambos coincidieron en que habíamos llegado a tiempo… pero solo por un pelo.

El chirrido de la puerta nos puso en tensión y, como resortes bien aceitados, desenfundamos las pistolas. Cuando distinguimos la silueta de Luka, nuestros músculos se aflojaron una fracción; aun así, mi dedo permaneció junto al gatillo, por si acaso.

—Les traje algo de comer —anunció, alzando una bolsa grasienta—. Nada caliente esta vez, pero al menos son emparedados de verdad. Y café recién hecho, en serio.

La fragancia tostada llenó el hangar como un bálsamo. Mi estómago respondió con un gruñido tosco; el de Alain, con otro que también fue poco elegante.

—Justo lo que necesitaba —murmuró él, y no era una cortesía: necesitábamos calorías y consuelo líquido antes de lanzarnos al abismo.

Luka interrumpió el silencio mientras masticábamos.

—He estado haciendo cuentas —dijo—. Para inutilizar esto a largo plazo, hay dos objetivos. Primero: la sala de servidores. El superordenador dirige cada descarga y cada patrón climático. Sin él, la red queda ciega.

Alain tragó con un ruido seco.

—Perfecto. Nos colamos, lo volamos y listo.

—No tan rápido —intervino Luna—. Entrar es una cosa, salir ilesos es otra muy distinta.

—Además, falta la segunda parte —añadió Luka—: las antenas. Cada una tiene memoria interna y un procesador espejo. Aunque pulvericemos el servidor central, bastaría conectar un repuesto para que toda la información se regenere desde esos nodos. Imaginen hormigas reconstruyendo su hormiguero.

Fruncí el ceño.

—No cargamos explosivos suficientes para tumbar esa monstruosidad de torres.

—Lo sé —dijo Luka—. Déjenme cavilar. Quizás haya una solución menos... pirotécnica. Si la encuentro, se las haré llegar.

—Entonces, centrémonos en lo que sí podemos hacer hoy —propuse—. ¿Cómo llegamos al corazón del sistema?

Él sacó un plano arrugado de la chaqueta y lo extendió sobre la caja de madera que nos servía de mesa. Indicó con un dedo engrasado:

—Aquí estamos, ala este. Los servidores, ala oeste. Hay que atravesar pasillos, un puente interno y dos esclusas de seguridad.

—De punta a punta —resumió Alain, olfateando el café como si fuera un sumiller polar.

—Después de las veintidós casi no circula nadie —prosiguió Luka—. Yo estaré en la sala de control; en las cámaras solo aparezco yo. Puedo oscurecer momentáneamente los monitores del resto y abrirles las puertas. Con suerte, nadie hará preguntas.

—Funciona —asentí.

—Pero la escapatoria sigue cojeando —objetó Luna, señalándonos como fichas de un tablero—. Cuatro adultos, una sola moto de nieve sin combustible...

—Lo del combustible se arregla —respondió Luka, chasqueando los dedos—. Y existe una ruta más elegante. —Sonrió—. En el helipuerto de la azotea hay

201

un H-145 recién salido de fábrica. ¿Alguno maneja helicópteros?

Luna y yo giramos hacia Alain como si él llevara la respuesta cosida en la frente. Se encogió de hombros, medio encabritado, medio divertido.

—Lo intentaré —admitió—. Al fin y al cabo, es levantar, mantener, aterrizar… ¿Qué tan complicado puede ser?

Preferí no responder; bastaba un asentimiento para aceptar que aquella era nuestra mejor, quizás única, carta.

Luka concluyó.

—Cuando la alarma de incendios se dispare —porque supongo que usarán algo contundente en la sala de servidores—, yo fingiré supervisar la evacuación y subiré al helipuerto. Si todo va bien, nos reunimos allí y despegamos antes de que el protocolo de bloqueo cierre el espacio aéreo.

Me preparaba para despedirlo cuando recordé su alusión a un poder oculto.

—Un momento, Luka. Hablaste de alguien moviendo los hilos…

Él frunció el entrecejo, como si buceara en un recuerdo desagradable.

—Hace unos días, pasé frente al despacho de la doctora Weiss. Vociferaba por teléfono. Alcancé a oír: «Dile al Camaleón que haré lo que me plazca». Al día siguiente, enviamos tormentas «de aviso» a media docena de países. No mataron a nadie, pero dejaron claro el alcance de nuestro puño.

La mención del Camaleón me abrasó las venas; la ira

se deslizó por mi médula como un relámpago. Luna lo notó y apretó mi antebrazo, recordándome que debía contenerme.

—Así que el Anillo está detrás de esto —concluyó ella, con un suspiro que mezclaba resignación y rabia.

—¿Qué es ese... Anillo? —preguntó Luka.

—Cuanto menos sepas, mejor —le contesté, recuperando el aliento—. No altera nuestro plan inmediato.

Fue entonces cuando un murmullo metálico llegó del pasillo: pasos, voces apagadas, el siseo de una tarjeta en un lector. Intercambiamos una mirada urgente y nos deslizamos entre maquinarias y cajas; las pistolas listas, nuestra respiración encogida.

Luka quedó solo, expuesto en medio del hangar. Confiábamos en que improvisara una salida convincente... y en que aquellos desconocidos, quienesquiera que fuesen, se conformaran con sus explicaciones.

El juego había empezado. Y ahora, cada latido contaba.

30

MANO ENSANGRENTADA

Base secreta
Lunes 1 de julio, 6:30 p. m.

Un chirrido metálico interrumpe el silencio, tan brusco como un disparo. La puerta batiente se abre y dos guardias se asoman, visten uniformes negros y fusiles reglamentarios cuelgan de las correas. Sus linternas barren el hangar hasta detenerse en Luka, que permanece de pie, a la vista, entre cajas y vigas. Nosotros nos dispersamos a ambos lados del depósito: Luna y Alain frente a mí, cada cual oculto tras maquinaria pesada. Siento la rudeza del acero contra la espalda y el olor a grasa rancia llenándome los pulmones.

—¿Qué haces aquí, Luka? —pregunta el más corpulento, acomodando el arma con gesto instintivo.

—Pareció que venían voces del interior —añade su compañero, con la linterna clavada en el rostro de Luka.

Alain me indica con un leve movimiento de muñeca que tiene la pistola lista. Contesto con una señal negativa. Aún confío en la improvisación de nuestro aliado ruso; un tiroteo precoz echaría a perder la coartada.

Luka adopta un aire despreocupado, casi lánguido. Saca un paquete de cigarrillos arrugado del bolsillo de la chaqueta.

—Relájense, muchachos. Este rincón es mi refugio para fumar sin que Weiss me grite. ¿Se apuntan a un pitillo?

El guardia corpulento acepta de inmediato. El otro observa a su alrededor con mirada inquisitiva. Luka enciende el cigarro del primero; la brasa ilumina fugazmente la penumbra, pintando su perfil de rojo.

—¿Y esa comida? —pregunta el segundo, señalando los emparedados a medio terminar y los tres vasos junto a la cafetera portátil. Da un paso y sus botas resuenan sobre el metal. El eco viaja por las vigas, rebota en las moles de repuesto y regresa como un tambor amortiguado.

—Mi turno arranca en breve —replica Luka—. Ceno, fumo y me concentro mejor. Rutina, ya saben.

Silencio. Luego un crujido de suela acercándose peligrosamente a mi escondite. Puedo imaginar la linterna a punto de descubrirme.

—¿Tres vasos? —insiste el guardia—. ¿Acaso cenabas acompañado?

Luka titubea medio segundo; suficiente para que el soldado perciba la grieta.

—Sí —dice al fin—. Invitados, amigos de fuera. Una partida de cartas inofensiva. Nada que reporte…

La incredulidad se dibuja en el rostro del otro, que deja el cigarro sin encender y gira la cabeza, escrutando sombras.

—Cuando patrullábamos por el pasillo, oí voces. —El cañón de su fusil se alza unos centímetros—. ¿Tienes compañía detrás de esos motores?

El corazón me retumba en los oídos. Busco de modo instintivo la navaja en el cinturón, pero recuerdo que se quedó en el abrigo empapado. No importa. Mi cuerpo bastará si lo uso con la precisión de siempre. Choco el puño derecho contra la palma izquierda, una señal breve que Alain interpreta al instante. Veo el destello de su cuchillo, afilado como una aguja, cuando lo extrae de la funda casera que lleva oculta en la bota.

Los guardias avanzan apenas un paso y el aire se espesa; el primero exhala una bocanada de humo, el segundo tantea el seguro del fusil como si ya percibiera nuestra emboscada. En cuatro latidos —ni uno más—, todo estalla. Saltamos desde la penumbra y el mundo se comprime en golpes cortos y respiraciones contenidas.

A mi izquierda, Alain desliza su cuchillo entre las costillas del corpulento: un impacto opaco, un suspiro ahogado, y el tipo se desploma con la vida derramándose sobre el hormigón. Yo atrapo el antebrazo del otro antes de que alcance el gatillo; mi puño se estrella contra su pómulo, mi codo hunde su pecho y una patada ascendente le sacude el cuello, obligándolo a retroceder con la tráquea en llamas. Cae, pierde la pistola, y el cañón se alza hacia mí en un reflejo inútil… hasta que Luna surge detrás de él, silenciosa como una sombra. El destello de su hoja se hunde en la base del cráneo y un chorro oscuro sella su voz para siempre. Todo vuelve al silencio, salvo el rumor acelerado de mi propia sangre, recordándome que aún estamos vivos.

El cuerpo se desploma hacia adelante y golpea la plancha metálica con un eco hueco. Luna sostiene el arma blanca aún goteante; su rostro vuelve a esa palidez marmórea que recuerdo del hielo, una expresión más invernal que la noche polar. No es la primera vez que siega una vida —lo sé—, pero la cercanía de la hoja convierte la muerte en un acto primario, casi tribal, y eso cala más hondo que cualquier disparo a distancia.

Exhalo y el vaho se desvanece en el aire helado del hangar. Giro la cabeza hacia Luka: está petrificado, con el encendedor atrapado entre sus dedos tensos. Su mirada se agita entre la culpa, el espanto y un destello obstinado de determinación.

—¿Estás bien? —pregunto, procurando que la voz salga firme.

—Sí... sí —balbucea—. Solo necesitaba verlo... una vez. Ahora lo entiendo.

Alain arrastra al primer guardia hacia un hueco entre cajas de antenas sin ensamblar. Su fuerza basta para que el cadáver se deslice como un saco de arena. Luna y yo nos ocupamos del segundo; la sangre deja un rastro pegajoso que rápido intentamos cubrir con un paño aceitoso. El hedor férrico se mezcla con la grasa industrial, un perfume que no olvidaré.

—Debemos disimular su ausencia —dice Luka, ya dueño otra vez de su voz—. Alteraré el itinerario de patrulla y diré que cubran el sector exterior hasta nuevo aviso. Eso nos dará cierto margen... pero no mucho.

Asiento. El reguero rojo empieza a coagularse; tengo los nudillos entumecidos y la adrenalina impregnada en la piel, pero mi mente trabaja con claridad.

—Hazlo —le indico a Luka—. Y guarda bien la calma en la sala de control. Si tu voz tiembla por el inter-comunicador, sospecharán.

—Lo sé —responde, inspirando hondo. Abandona el hangar con paso rápido, casi marcial, decidido a conver-tirse en nuestros ojos.

Cuando la puerta se cierra, el eco se apaga y solo queda el zumbido grave de los transformadores. Luna limpia la hoja en la pernera del uniforme enemigo. Alain comprueba el pulso inexistente del segundo guardia y vuelve a guardar su arma blanca.

—¿Y ahora? —pregunta Luna, con la respiración aún entrecortada.

—Revisamos sus credenciales, memoricemos rutas y códigos. Cuanto menos dependamos de Luka, más margen tendremos si algo sale mal.

No necesito añadir que algo siempre sale mal. Ella asiente, aún pálida, pero en sus ojos veo la chispa intacta de la determinación. Allí, bajo la luz amarilla enferma, dos cadáveres empiezan a enfriarse mientras nuestro plan avanza con la insensatez propia de quienes ya no tienen retorno.

Alain vuelve sobre sus pasos para arrastrar el segundo cadáver y, esta vez, Luna lo asiste sin mediar palabra. Veo el peso muerto balancearse entre ambos como un costal de plomo, dejando tras de sí un reguero viscoso que el hormigón absorbe con lentitud. Cuando el cuerpo desaparece tras una pila de contenedores, la nave queda en un silencio tan espeso que casi oigo mis propias pulsaciones.

—Bien —digo, bajando la voz para que no rebote en las vigas—. Ustedes dos encárguense de ocultar esos cuerpos. Yo moveré algunas cajas y cubriré la sangre. Luego…, ¿seguimos con el plan?

Siento la mirada de Luka posarse sobre el charco oscuro y brillante que aún mancha el suelo. El ingeniero tarda en procesar mi pregunta; el color le ha abandonado las mejillas y sus ojos aún reflejan el pánico reciente.

—¿Luka? —insisto, modulando un tono que intenta ser firme y a la vez comprensivo.

Parpadea, se sacude como si despertara de una pesadilla y asiente con un gesto breve.

—Sí… continuamos —murmura, recomponiendo la voz.

No le da tiempo a añadir nada más: el timbre agudo de su móvil rompe la quietud. Saca el aparato con manos ligeramente temblorosas y responde.

—Sí, doctora Weiss… Sí, ahora mismo voy para allá.

Cuelga y clava sus ojos grises en los míos.

—Quiere que vaya a la sala de control de inmediato. No sé qué ha pasado, pero será mejor que me vaya.

Camina hacia la puerta, se detiene un instante y contempla la sangre que aún salpica sus botas. Traga saliva.

—Hasta luego —susurra, y el tono le sale casi fatigado.

—Espera —lo detengo antes de que cruce el umbral.

Me apresuro hasta el rincón donde dejé el abrigo empapado. Rebusco en los bolsillos internos y, entre el forro húmedo, encuentro mi navaja plegable. El frío del metal me despierta del todo. Regreso y coloco el arma en la palma de Luka.

Acciono el mecanismo. La hoja brota con un chasquido acerado y luego la repliego.

—Supongo que no vas armado —le digo—. Ojalá no la necesites, pero por si acaso…

Luka sostiene la navaja como si fuera algo frágil, no un trozo de acero capaz de matar. Asiente con un agradecimiento silencioso y, sin añadir nada, desaparece por el corredor.

Alain se aproxima; lleva una mancha carmesí secándose en la manga.

—¿Qué opinas? —pregunta en voz baja—. Le noto miedo. Espero que no se eche atrás.

Antes de que pueda responder, Luna llega y se coloca a mi otro lado. Aún sostiene el cuchillo ensangrentado con la punta hacia abajo; la sangre que resbaló por sus nudillos ya se ha oscurecido.

—Una cosa es sabotear un ordenador —dice sin apartar la vista de su propia mano— y otra muy distinta es sentir una vida extinguirse a un metro de tu cara.

Apoyo la palma sobre su hombro, percibiendo la tensión bajo la tela áspera.

—No es fácil para nadie —le concedo—. Que uno se acostumbre no significa que lo disfrute, ni que no preferiríamos evitarlo si pudiéramos.

Nuestros ojos se encuentran; un entendimiento silencioso circula entre nosotras, hecho de cicatrices viejas y batallas que hubiéramos querido eludir.

—Hoy no se podía —concluyo—. Fue esto o que nos delataran. Nada más.

Luna cierra los párpados un instante, toma aire y, cuando los abre, su determinación vuelve a brillar detrás de la fatiga. A mi alrededor, el rumor lejano de los conductos de ventilación recuerda que la base sigue viva, ajena a los dos cuerpos ocultos entre chatarra.

Quedan menos de cuatro horas para las veintidós. Y desde ahora, cada segundo cuenta.

LA DOCTORA WEISS

Base secreta
Lunes, 1 de julio, 7:10 p. m.

Apenas Luka salió del depósito, Alain y yo enjuagamos la sangre con trapos aceitosos y arena de malla fina, la única que encontramos en un cubo olvidado. Luna seguía pálida, pero sus manos ya no temblaban; se limitaba a empujar los restos de café bajo una caja, para que ninguna cámara avivara sospechas. Mientras trabajábamos, el zumbido de los generadores se convirtió en un metrónomo que me marcaba cuánto tardaba Luka en llegar a la sala de control.

No podía quedarme quieta. Saqué de mi bolsillo el pequeño receptor que el propio Luka me había prestado una hora antes —un *walkie-talkie* modificado, tan ligero como un mechero— y lo ajusté a la frecuencia que él había indicado. Un breve crujido, luego silencio… y por fin la voz de la doctora Weiss, nítida, autoritaria, perforó el canal. Así que, aunque no estaba físicamente con ellos, escuché todo a distancia, pegada a la radio como quien lee los labios de un enemigo tras el vidrio.

Luka abrió la puerta, y en el auricular resonó un suspiro distorsionado. Weiss ni siquiera se giró al notar su presencia; contemplaba los monitores desde el centro de la sala de control.

—Ya estoy aquí, doctora —anunció él. Su tono sonaba falso, incluso para un oído desentrenado, pero Weiss parecía demasiado absorta en sus pantallas para darse cuenta.

Solo cuando se volvió quedó claro el filo de su mirada: alta, con el pelo entrecano recogido sin coquetería, y unos ojos como cuchillas de obsidiana. Una mujer que no necesitaba gritar para infundir miedo.

—Tenemos que ejecutar una operación imprevista —explicó, cruzando los brazos—. Unos asociados míos sufrieron un ataque en Nueva York. Lo sorprendente es que intervino el FBI, no la Policía. Sé perfectamente quién está detrás y les daré una lección.

Luka carraspeó, fingiendo ingenuidad.

—¿Quién podría estar detrás, doctora?

—Viejos conocidos, ahora traidores —contestó con desdén—. No es información que te concierna. Necesito un castigo ejemplar y lo necesito ya.

—«Ya» es una palabra complicada, doctora —replicó Luka con una calma temeraria—. Seleccionar objetivo, correr las simulaciones, ajustar la trayectoria de las antenas… todo eso lleva horas.

—Por eso atacaremos cerca —afirmó ella—. Groenlandia. El profesor Weimbaun ha detectado una ventana perfecta: presión, humedad y vorticidad alineadas. Nuuk pagará los platos rotos. Quiero que tú manejes la ejecución.

Era la prueba que Luka temía. Weiss sospechaba de su lealtad. Si dirigía el ataque, sellaba su propia complicidad; si lo rehusaba, firmaba su sentencia. Tomó asiento y repasó las lecturas con un silencio tenso. En el hangar, el resto del equipo contuvo la respiración.

—Doctora Weiss —dijo por fin—, con estos parámetros nadie sobrevivirá.

—Ese es el punto, señor Volkov —respondió ella con una frialdad de mármol—. Las tormentas de la semana pasada fueron advertencias. Quiero que el mundo entienda quién tiene la llave del cielo.

Al otro lado del receptor sonaron teclas, ventiladores de rack, el rumor grave de los motores hidráulicos que orientaban las antenas. Luka hablaba con voz neutra, pero había un mensaje oculto en su cadencia:

—Los cálculos están listos.

Un tintineo metálico interrumpió el canal. Weiss había sacado la llave que colgaba de su cadena. Al introducirla en la consola, un pitido grave confirmó la autorización de nivel máximo.

—Ahora sí —sentenció—. Ordena la carga y despacha la señal.

Las antenas giraban en la nieve como titanes de acero que abanicaban el cielo nocturno. Luka necesitaba sabotearlas sin delatarse. El protocolo enviaba la configuración en tres fases; bastaba manipular la última para desviar la tormenta.

Todo ocurrió en segundos. Luka inició la fase uno; los datos partieron sin cambios. Fase dos, idéntica. En la fase tres alteró las coordenadas: dos grados al norte. Una desviación mínima que, en aquellas latitudes, significaba que la furia se descargaría sobre mar abierto.

Desde el hangar, el equipo no veía las pantallas, pero escuchó el sonido hueco de las turbinas al pisar fondo de carrera. El sistema recalculaba. Weiss se acercó al ventanal para saborear el poder de su monstruo.

—Listo —musitó Luka cuando las antenas quedaron fijas.

—Enséñame las proyecciones en la pantalla grande —ordenó ella sin mirarlo—. Quiero ver el milagro. Termina el trabajo.

Un último «Enter» selló el destino de veinte mil personas… o las salvó, gracias a la maniobra de Luka.

—En cinco minutos, surgirán los núcleos de baja presión —explicó él, impasible—. Toda la dinámica atmosférica se ajustará en veinte minutos.

Un silencio expectante llenó el canal. En el hangar, Alain y Luna intercambiaron miradas. La doctora Weiss parecía extasiada, observando cómo el radar dibujaba líneas de viento supersónico. Para ella, era poesía. Para el resto, una cuenta atrás mortal.

La señal se cortó un instante —quizás Luka cambió de frecuencia— y volvió con un susurro:

—Desviado. Veinte millas al norte. No hay vuelta atrás. Activen el plan en cuanto oscurezca.

Su voz temblaba, pero de alivio, no de miedo. Nuuk viviría para ver otro amanecer; Weiss tardaría horas en descubrir que su «milagro» se había convertido en una tormenta inofensiva sobre aguas heladas.

—¿Salió bien? —preguntó Alain entre dientes.

—Sí —respondió Luna con firmeza—. Luka hizo su parte; ahora nos toca a nosotros.

La luz del hangar se tornaba azulada, preludio de la breve noche ártica. Afuera, el viento golpeaba los muros metálicos del depósito donde aguardábamos, un refugio improvisado que olía a combustible y óxido. Eran poco más de las siete, y cada minuto se estiraba con el peso de la espera: tres horas para las veintidós, la ventana que necesitábamos para infiltrarnos y detonar el complejo.

Revisé mi pistola, conté los cargadores que nos quedaban, y me permití un instante de algo parecido a la esperanza. El tablero se inclinaba, aunque fuera un poco, a nuestro favor.

Pero tenía presente a la doctora Weiss, la mujer que vestía la destrucción como un abrigo de lujo. Cuando descubriera la desviación —y lo haría—, querría encontrar al responsable. Y entonces, Luka necesitaría algo más que mi navaja para mantenerse con vida.

Por ahora, yo solo podía aferrar el receptor, imaginar el ruido del viento alterado a kilómetros de distancia, y prepararme para recorrer aquella base de punta a punta, sembrando fuego donde ahora reinaba el hielo.

Entonces, un bramido sordo empezó a crecer bajo nuestros pies, como si algo enorme despertara en las entrañas de la base. Alain levantó la cabeza, Luna apretó los labios. Aquella vibración no era un temblor pasajero, sino el preludio de lo que vendría.

32

WEISS ENFURECIDA

Base secreta
Lunes, 1 de julio, 7:40 p. m.

El bramido que había comenzado minutos antes se volvió un rugido que nos sacudió el pecho. El suelo vibraba como si un motor gigantesco hubiese cobrado vida justo bajo el hangar.

—¿Escuchan eso? —murmuró Alain, ladeando la cabeza.

Asentí mientras me ponía de pie. El retumbar venía de fuera, un rumor rítmico, casi respiratorio. Eran las plataformas de las antenas, las mismas que vimos desde la ventisca, alineándose para un disparo. Luna se adelantó hacia el portón metálico del fondo, aquel por donde se colaba el aire ártico, y apoyó la palma en la hoja helada como si pudiera leer lo que ocurría al otro lado.

—Las torres están girando —informa cuando regresa
—. Suenan igual que durante las pruebas. Quizás
ataquen de nuevo.

Alain me lanza una mirada cargada de sospecha.

—¿Y si Luka nos traicionó?

Me tomo un instante antes de contestar. He visto el
temblor en las manos de ese hombre, la forma en que
casi se desmorona después de los disparos. No le queda
otra que obedecer a Weiss… y buscar la mínima grieta
para sabotearla.

—No tiene elección —respondo al fin—. Y si cambió
de bando, no estará vivo para contarlo. Creo que el error
fue nuestro al fiarnos de que habría tiempo hasta la
noche para volar esto.

Luna apoya el dorsal de la mano ensangrentada en su
frente, pensativa, y niega despacio.

—Lo hecho, hecho está. Correr ahora a lo loco sería
firmar la sentencia de Luka y quizás la nuestra. Sigamos
el plan. Mantengamos la posición, pero si alguien abre
esa puerta, no dudemos.

Su calma me ancla. Asiento. Alain vuelve a
comprobar la recámara y se coloca junto a las cajas de
repuesto, listo para hacer llover plomo si hace falta.

Saco el receptor que todavía llevo pegado al cinto y
ajusto la ruedecilla. Crujidos, una ráfaga de electricidad
estática… y la voz aflautada del profesor Weimbaun
aparece, filtrada como si le hablara a un pez en un
acuario.

—La tormenta ya se ha formado y avanza al sur de
Nuuk, doctora. Las lecturas coinciden con la simulación.

Un latido se me detiene. Observo a mis compañeros

y llevo un dedo a los labios; ambos se acercan para escuchar.

Otra voz interviene, cortante, la de Weiss:

—Amplíe la gráfica. Esa línea roja… No atraviesa la ciudad. ¡Se está desviando!

El chirrido de teclas golpea mi oído. Puedo imaginar a Luka sentado ante el panel, obligado a mantener el rostro neutro mientras el sudor le tiembla en la nuca.

—La trayectoria se actualiza en tiempo real. —Oigo su voz, fingiendo desconcierto—. Tal vez los modelos aún se ajusten.

Un golpe seco, como un puño sobre la mesa.

—No. La línea se confirma. ¡Volkov, explique esto!

El silencio que sigue me hiela el estómago. De pronto, adivino que la tormenta ya roza la costa y pasa de largo, tal como Luka nos había indicado.

—Hay varias hipótesis —empieza él—. Error de cálculo…

—Imposible —interrumpe Weimbaun, ofendido—. Las condiciones eran perfectas.

Luka continúa, enumerando vientos imprevistos, variables naturales, y por último, una desincronización mecánica entre antenas. Su tono se vuelve casi académico; describe la necesidad de testear torre por torre, consola por consola. Yo sé que solo busca ganar tiempo, pero su voz convence.

Weiss emite un rugido que hace vibrar el pequeño altavoz:

—¡No se irá nadie de esta sala hasta encontrar el fallo!

En ese instante, irrumpe otra voz, ronca, la del jefe de seguridad.

—Doctora, los dos guardias de la ronda de las dieciocho horas no se han reportado.

—¿Y por eso vienes a molestarme? —escupe ella—. Búscalos, inútil.

El portazo se oye incluso a través del transmisor. Inhalo despacio: la tormenta se desvió y Weiss acaba de perder los nervios —una combinación peligrosa, pero a nuestro favor—. Alain y Luna me observan.

—¿Salió bien? —susurra Luna.

—Luka los ha salvado —respondo—. Nuuk se libra… por ahora. Pero Weiss está olfateando problemas. En cualquier momento descubrirá que los guardias faltan y vendrá aquí; entonces tendremos que movernos.

La radio estalla de nuevo con el zumbido de los canales al cambiar. Al fondo distingo a Luka.

—Prueba antenas ocho a catorce. Necesito dos horas mínimo —dice.

Weimbaun gruñe algo en ruso que no logro descifrar. El jefe de seguridad sale de la sala, taconeando sobre el linóleo. Oigo a Luka dar una última orden, como quien reparte fichas en un juego manipulado:

—Profesor, empiece. Yo revisaré la cronología completa.

Y luego, un leve chasquido, la misma señal que acordamos. Tres pulsos cortos, uno largo. Significa «todo en marcha».

Cierro el receptor, lo guardo bajo la chaqueta y miro a mis compañeros.

—Tenemos nuestra ventana —anuncio—. Cuando

marquen las veintidós, las cámaras solo verán lo que Luka permita. Debemos cruzar el edificio, plantar los explosivos en la sala de servidores y rezar para que el helicóptero arranque a la primera.

Las antenas, afuera, continúan su murmullo profundo, como un enjambre de monstruos. Weiss puede no notarlo aún, pero su juguete favorito acaba de apuntar al vacío. Y si todo nos sale bien, pronto no apuntará a ninguna parte.

Luna limpia, de nuevo, el filo de su cuchillo, con un trapo de lona ya manchado; sus ojos relampaguean bajo la luz azulada. Alain encaja el cargador, se lo asegura con un golpe del talón de la mano y me dedica una sonrisa tensa. Yo respiro hondo, dejando que el olor a aceite y sangre seca me recuerde lo que está en juego: veinte mil vidas a las que nunca veremos y, sobre todo, las nuestras, cada vez más expuestas.

La doctora Weiss quiere una lección; está a punto de recibirla. Solo espero que, cuando caiga la noche polar, aún quede cielo sobre nuestras cabezas para contarla.

33

SABOTAJE

*B*ASE *secreta*

Lunes, 1 de julio, 9:55 p. m.

E*L* SEGUNDERO del reloj militar que cuelga al fondo del hangar no avanza, late. Siento el pulso en las sienes, la lengua seca, los músculos listos para esa mezcla de carrera y sigilo que siempre acaba oliendo a pólvora.

—Es la hora —anuncio al fin, harta del zumbido de los fluorescentes y de ver los mismos remaches del suelo —. ¿Listos?

—Tan listos como uno puede estar para irrumpir en la guarida del lobo —responde Alain con media sonrisa.

Los examino un segundo. Parecen una versión ártica de Rambo: parkas hinchadas de cargadores, correas cruzadas con granadas, culatas asomando bajo los brazos. Yo no difiero mucho. Cada movimiento hace tintinear algo de metal. Me siento torpe, pesada, pero sé que cada arma tiene su lugar y su propósito.

—Muy bien —digo, y camino hacia la puerta metálica que da al corredor principal. El aire está tan cargado que casi chisporrotea contra la piel expuesta de mis muñecas.

Apoyo la mano en el picaporte. En ese mismo instante, voces ahogadas llegan del otro lado. Siento la vibración de un puño torpe que agarra la misma manija. Suelto como si quemara y empujo a Alain y a Luna contra la sombra de un montacargas.

La puerta se abre un palmo y dos guardias irrumpen en fila, mascullando. El primero luce el ceño fruncido, se rasca la barba con fastidio.

—Ya peinamos casi toda esta planta —refunfuña—. ¿Dónde diablos se metieron esos idiotas?

El compañero va a contestar, pero no llega a articular palabra. Los tres salimos del escondite como resortes; nuestros cañones brillan bajo la luz blanca y apuntan directo a la altura de sus cejas. El mundo se congela.

—Quietos —ordeno, más con la mirada que con la voz.

Los tipos levantan las manos como autómatas bien entrenados. Cierro la puerta con una patada y, sin apartar la Glock del primero, percibo a Luna moverse. Saca un puñado de bridas de nailon del bolsillo interno; su rostro es inexpresivo, casi sereno.

—De rodillas —ordena con una calma que da escalofríos.

Ellos obedecen. En cuestión de segundos, sus

muñecas quedan tensadas tras la espalda; las bridas se cierran con un chasquido irreparable. Luna no se detiene ahí. Ata tobillos, enlaza manos y pies, y por último, une a los dos hombres entre sí, espalda contra espalda, como un paquete incómodo.

—Boca abierta —indica. Arranca tiras de plástico de una funda de repuestos, se las embute hasta ahogar cualquier silbido y las asegura con otra brida alrededor de la cabeza. Cuando termina, los dos guardias se balancean sobre las rodillas, impotentes, soltando bufidos amortiguados.

Alain suelta una carcajada breve, mezcla de alivio y admiración.

—Vaya, «Lu» —dice en voz baja—. Menos mal que juegas para nuestro equipo.

Ella se encoge de hombros. La sangre seca del enfrentamiento anterior ha tornado marrón en sus nudillos; ahora, bajo la luz tenue, parece mera suciedad.

—Uno aprende —responde. Se frota las manos en el pantalón y me mira—. ¿Seguimos?

Asiento. Deslizo la corredera de mi pistola, un gesto reflejo para sentir el peso real de su carga. El pasillo que nos espera está casi a oscuras, salvo por una hilera de luces de emergencia que titilan como luciérnagas enfermas. Odio ese parpadeo: cada destello te regala medio segundo de visión y luego te arrebata el mundo entero.

—De aquí a la sala de servidores no hay vuelta atrás —susurro—. Si las cámaras están donde Luka prometió, no existimos. Si no…

No termino la frase. Alain, siempre práctico, abre la

puerta apenas lo suficiente para asomar el cañón de la escopeta y barrer la penumbra con el láser.

—Entonces, empezaremos a existir a los balazos —musita.

Luna suelta un respiro, serena, mientras ajusta la correa de la mochila donde lleva los explosivos. Yo cuento las respiraciones. Una para la duda, dos para apartarla, tres para cruzar el umbral.

Las antenas, allá afuera, siguen rugiendo como un trueno contenido. En cinco minutos marcarán las veintidós. Dos minutos para dejar de ser espectros y convertirnos en el apagón que esta base nunca vio venir.

—Vamos —susurro y me lanzo al corredor helado; las luces de emergencia parpadean con un pulso enfermo sobre el metal, y ya no importa cuántos metros queden: solo existe este tramo, aquí y ahora.

Lunes, 1 de julio, 10:00 p. m.

El pasillo está tan quieto que solo oigo mi propia respiración rebotar en las paredes metálicas, pero el intercomunicador que llevo vomita tensión pura. Luka nos ha dejado la línea abierta y, aunque no puedo verlo, me basta escuchar el aire que contiene antes de cada frase para imaginar el filo de la escena.

Un portazo seco. Tacones que atraviesan el linóleo con una cadencia militar. La doctora Weiss acaba de entrar en la sala de control; no necesito verla para notar cómo cambia el aire allí dentro.

—¿Bien, caballeros? —exige, sin cortinas de cortesía.

Luka, con voz tan neutra que me dan ganas de aplaudirle, responde que ha revisado dos veces las simulaciones: coordenadas correctas, parámetros climáticos impecables, sin error numérico alguno. Añade que llevan media batería de antenas comprobada y, hasta el momento, ninguna desincronía.

Weiss refunfuña. Por el roce de sus palabras, me la imagino mordiéndose el labio antes de dejar caer la amenaza con la elegancia de un verdugo:

—Si en una hora no me entregas un informe satisfactorio, señor Volkov, te enviaré de vuelta a Rusia… andando sobre el hielo. ¿Entendido?

El chasquido de su lengua al pronunciar «andando» me arranca una sonrisa amarga. Luka replica con un formalísimo: «Sí, doctora».

De pronto, un silencio extraño se abre en la línea. Algo ha cambiado. Weiss habla de un monitor y pregunta qué ve. Mi estómago se contrae: si alguna cámara nos ha captado, Luka está en jaque. Me pego al muro, contengo el aliento y le ruego mentalmente que improvise.

—Nada relevante —murmura él al fin, y escucho el golpeteo de teclas. Está señalando algo en pantalla para despistar. Una pausa larga, un resoplido de Weiss, y luego sus pasos se alejan. El roce de tela anuncia que se ha girado; el portazo confirma su salida.

El aire de Luka estalla en un suspiro larguísimo,

como si hubiera soltado de golpe el peso del mundo. Al fondo, la voz nasal de Weimbaun lo llama «bruja» entre dientes.

Unos segundos después, escucho el crujido metálico de una tapa y el chasquido de un interruptor. Deduzco que Luka está en el cuadro eléctrico. Su respiración se acelera; algo silba, luego un breve crepitar. Me lo imagino encendiendo un mechero, quemando una placa. El olor a plástico fundido me llega por memoria, no por nariz.

Los monitores de la sala se apagan: se nota en la reacción de Weimbaun, que exclama sorprendido y frota los ojos.

—¿Has visto eso?

—¿El qué? —responde Luka con una candidez perfecta.

El profesor masculla que llamará a mantenimiento. Luka se ofrece a alcanzar a Weiss para darle la mala noticia. Oigo su voz alejarse un poco del micro, seguida de un susurro en ruso que no comprendo, y después el golpeteo de tornillos encajando de nuevo. Vuelve a la sala con la respiración desbocada y anuncia que no logró alcanzarla; que la llamará él mismo.

Weimbaun agradece, confiesa su temor hacia Weiss y se hunde en diagnósticos. Luka, mientras tanto, acaba de regalarme lo imposible: todas las cámaras están ciegas.

Alain me roza el brazo, señal de «todo listo», y en el mismo instante Luna cierra la hebilla de la mochila con los explosivos. El pasillo es solo nuestro; el reloj de pared marca 22:05, la ronda nocturna se ha congelado y ya nadie nos ve.

—Luka nos compró sesenta minutos —susurro—. No los desperdiciemos.

Nos echamos a andar, tres sombras cargadas de metal y decisión, rumbo al núcleo del coloso. Cada paso enfría un poco más el suelo, como si la base intuyera que la aguja capaz de detener su pulso ya viene en camino.

34

TENEMOS INTRUSOS

Lunes, 1 de julio, 10:10 p. m.

La puerta de la sala de control se abre de golpe y el técnico de guardia entra casi trotando, todavía abrochándose la chaqueta. Detiene la carrera al ver toda la pared de monitores apagados, la superficie sumida en un vacío oscuro.

—¿Y esto? —farfulla, sorprendido, mientras se inclina sobre las pantallas.

—Murieron de repente —explica Weimbaun sin levantar la vista de su consola—. Ni un aviso previo.

El técnico presiona los interruptores uno por uno; nada responde. Se agacha, revisa los cables: todo firme, sin chispazos ni olor a quemado. Frunce el ceño, cruza la sala y abre el cuadro eléctrico empotrado en la pared.

—Aquí está el truco —murmura. El magnetotérmico de la línea de cámaras está bajado. Vuelve a levantarlo y los monitores reviven con un zumbido agudo; columnas de números verdes iluminan la estancia.

Entran entonces la doctora Weiss y Jason Voltaire, jefe de seguridad, con el gesto crispado.

—Solo era el magneto —informa el técnico.

Weiss examina la escena con desprecio helado.

—Podrían haber mirado el panel antes de gastar tiempo y respiración. ¿Qué clase de científicos tengo aquí?

Luka, apoyado a su consola, responde sin apartar la mirada de los datos.

—Unos que trabajan veinticuatro horas sin relevo, doctora.

Weiss gira, furiosa, pero Jason se adelanta a inspeccionar los monitores.

—Un segundo... —murmura—. No llega señal de ninguna cámara.

El técnico, aún arrodillado, vuelve a toquetear botones. Nada.

—Si el pico de tensión bajó el magneto, es posible que cepillara el estabilizador. Tendré que medir placa por placa.

Weiss aprieta los puños.

—Hágalo —ordena bruscamente—. Y hágalo rápido.

Jason, mientras tanto, activa su radio.

—Jean-Paul, responde... Jean-Paul, ¿me oyes? —Silencio—. Unidad Delta, informe posición. —Más silencio.

Se vuelve hacia Weiss.

—Dos guardias desaparecidos, las cámaras ciegas y mi segundo equipo sin respuesta. No creo en las coincidencias, doctora.

Weiss palidece, solo un instante, antes de que la ira le regrese como sangre fresca.

—Y la tormenta que desobedeció su ruta —susurra —. Todo el mismo día. Malditos camaleones…

Pronuncia la última palabra casi escupiendo el veneno. Luka contiene el gesto, y por la rigidez de sus facciones resultaba evidente que había entendido a quién se refería.

Sin perder un segundo, la doctora se acerca a la caja roja de emergencias fijada a la pared. Abre la tapa con un tirón y aprieta el botón amarillo, «Violación de Seguridad». Las luces del techo viran a rojo y una sirena profunda recorre los ductos como un rugido de ballena.

—Edificio sellado en treinta segundos —informa, seca—. Jason, quiero hombres en cada corredor. Si los intrusos respiran, me los traes o me traes sus placas dentales.

Jason sale a la carrera, seguido por el técnico, que ya palpa el destornillador como un talismán. Weiss se queda un segundo de espaldas a todos; Luka advierte el temblor de sus manos antes de que ella se recomponga y retome su máscara de granito.

Lunes, 1 de julio, 10:30 p. m.

Avanzamos a paso ligero: Alain a mi izquierda, Luna cubriendo la retaguardia. Las luces de emergencia parpadean sobre las paredes y visten el corredor de un rojo intermitente que me estruja el estómago. Aun así, el mapa de Luka se mantiene exacto. Cada puerta que debería estar abierta lo está. Cada vigilancia prometida brilla por su ausencia.

—Voy a reconocerlo —murmura Alain, desplazando el rifle para rascarse el cuello—. Pensé que el ruso nos vendería en la primera curva. Pero esto… funciona.

No contesto; no quiero confiarme demasiado pronto. Un letrero verde cuelga del techo: «ALA OESTE →». Doblamos la esquina; el aire cambia de pronto, cálido como aliento de motor.

—Alto un segundo —pide Luna, humedeciéndose los labios—. Aquí dentro es un horno comparado con el hangar.

Solo entonces noto la camiseta pegándoseme a la espalda. Nos quitamos las parkas, dejamos las armas en el suelo un instante, reajustamos correas. El metal de la ametralladora me quema el antebrazo.

El timbre de alarma nos atraviesa los tímpanos; al mismo tiempo, un portón hidráulico cae del techo del pasillo que acabamos de cruzar. Alain y yo damos un salto hacia afuera; Luna, que está agachada recogiendo los cargadores, se queda atrapada del lado opuesto.

—¡Luna! —grito, intento meter el brazo, pero la hoja de acero baja con la inercia de un ascensor sin freno. Retiro la mano en el último segundo.

La puerta encaja con un estruendo. Alain tira de la manija, pero no la mueve ni un milímetro. Golpea el metal, frustrado.

—¿Sigues ahí? —pregunto al hueco de la rendija.

—Enterita —responde con voz amortiguada—. Pero la puerta trasera también bajó. Estoy enlatada.

Alain maldice en francés bajo la barba.

—Hablar bien de Luka trae mala suerte —escupe—. Esta guillotina estaba programada.

—No concluyas nada todavía —le pido—. Puede ser el protocolo de Weiss. Primero abrimos y después discutimos.

Detecto el panel biométrico a la derecha, lo señalo. Alain clava el cuchillo, retira la carcasa con un chasquido y queda un puñado de cables de colores vivos.

—Cinco minutos —dice, metiendo la punta para puentear el circuito eléctrico—. Y reza para que estos cables no estén llenos de trampas.

Me coloco de espaldas a la puerta, con la ametralladora en la cadera. Si vienen convencidos de que nos cazaron, la sorpresa será nuestra. En el techo, la luz roja pulsa como un corazón impaciente; cada parpadeo rojo me dice que Weiss ya peina los pasillos y que Luka va a necesitar más de una pirueta para que las cámaras sigan a oscuras.

Respiro hondo; el aire huele a ozono y metal caliente. Quizás la suerte no exista, pero si queda un resquicio en esa puerta, pienso abrirlo a balazos antes de que el tiempo expire.

35

LUNA NO RESPIRA

Base secreta
Lunes, 1 de julio, 10:35 p. m.

—Ahora las dos alas están separadas —le explica el jefe de seguridad, Jason Voltaire, a la doctora Weiss, con el dedo señalando el plano—; organizaré un grupo de búsqueda de cada lado.

Luego avanza hasta el técnico, que ya ha sacado una *notebook* de su maletín. El hombre prueba el cable de señal con un adaptador, lo conecta, lo desconecta, intenta forzar la sincronía para comprobar si, al menos, recibe pulso de video en su ordenador.

—Cuando tengamos de vuelta las cámaras, me avisas —ordena Jason con la voz rascada por la tensión.

—Los monitores están bien —replica el técnico mientras teclea—, lo que no tenemos es señal. La línea llega muerta.

—Soluciónalo —gruñe el jefe de seguridad y se marcha con paso de combate.

—De alguna manera, hackearon el sistema —resume Weiss, sin mover un músculo de la cara—. Lo de la tormenta no fue un error suyo ni de las antenas. Alguien nos intervino. Descubrieron el nuevo escudo y golpearon antes de que entrara en servicio. Me voy a mi oficina, necesito pensar.

Luka escucha e interpreta sus palabras. Sabe que la intrusión en este momento ha sido, paradójicamente, una casualidad afortunada. Además, el sistema de la nueva sala se terminará en dos días, pero él mismo podría activarlo ahora si lo quisiera. Eso lo sabe solo él. Sin embargo, ahora le preocupa otro asunto: no sabe si Ainara y los demás lograron cruzar de un ala a la otra. Se pone de pie.

—¿A dónde vas? —pregunta el profesor.

—Tú continúa con eso, Zacarías, que ya falta poco —responde Luka—. Yo iré a buscar algo de comer.

—Bueno —murmura el profesor, agotado—, tráeme algo.

La sirena seguía ululando por los ductos cuando la puerta blindada, activada por la orden de Weiss, se cerró de golpe. El sello automático dejó a Luna atrapada al otro lado, incomunicada tras la plancha metálica.

—Creo que podemos hacerlo —dice Alain, rebuscando cables—. ¡Luna! ¿Tienes un sensor dactilar en ese lado?

—Sí —contesta ella, con voz amortiguada tras la plancha.

—Desármalo con tu navaja y sigue mis instrucciones —le indica Alain.

—Okey —responde Luna.

El corredor permanece vacío; quizá los guardias aún no han llegado a este sector, pese a la orden de Jason de cubrir cada pasillo. Un rayo de esperanza, nada más.

—Ya está —grita Luna.

—Cuando yo te diga —explica Alain—, corta el cable azul.

—Bueno —contesta ella.

—¿Estás seguro de lo que haces? —pregunto, inquieta.

—Hay solo tres cables —explica Alain—. Estoy un treinta y tres por ciento seguro.

Diablos, está apostando.

—Ahora —dice—. Corta el cable.

Al instante un grito ahogado vibra detrás de la puerta; el panel no cede ni un milímetro.

—¿Estás bien? —pregunto.

—Me dio electricidad, pero estoy bien —responde Luna, tosiendo—. Sin embargo…

—¿Sin embargo qué? —insiste Alain.

—Saltaron chispas —responde ella entre accesos de tos—. Creo que algo dentro del muro se está incendiando. Sale mucho humo.

—Maldición —mascullo. Busco con la mirada si el humo se cuela por las rendijas: nada; la puerta hermética es perfecta.

—Cada vez… —intenta hablar Luna, la tos la interrumpe—. Cada vez hay más humo y ahora también hay fuego.

Hay que sacarla de allí.

—Aléjate del humo, Luna —le pide Alain.

—Hazte a un lado —le digo; dejo la ametralladora, tomo la escopeta, que es más adecuada. Alain comprende la idea y empuña la suya. Disparamos contra el marco, perforamos hormigón, el cemento salta como yeso, primero la capa superficial y luego el núcleo rugoso.

—Detén el fuego —dice Alain. Se acerca y golpea con la culata; caen escombros gruesos.

—Ya casi estamos —añade—. Se ve el herraje de metal.

Retrocede. Vuelvo a disparar. Oigo pasos detrás. Giro. Tres hombres armados irrumpen. Acribillo al primero de un tiro en el pecho, Alain derriba al segundo. No tengo más balas para el tercero, su disparo me roza el brazo izquierdo; arrojo la escopeta, saco la pistola. Camino hacia él, disparando. Un tiro al abdomen, otro al pecho, un tercero a la cara. Recargo la escopeta al vuelo; seguimos destripando el marco hasta exponer la cerradura. Alain inserta el cañón como palanca.

—¡Ainara! —Una voz detrás. Es Luka.

—¿Están bien? —pregunta, agitado—. Escuché los disparos. Pronto vendrán más.

—Luna está atrapada, la pared prende fuego —resumo.

Luka inspecciona la pared opuesta. Localiza una tapa, extrae un manojo de llaves diminutas; inserta una en un punto apenas visible. La placa salta revelando un teclado.

—Panel de emergencia —explica—. Abre la puerta y anula sensores, pero solo funciona si cancelas también la alarma. Si fallo, nos rodearán.

Teclea un código. Algo cruje en el marco que veníamos destrozando; otro trozo de cemento se desploma.

—Ahora, sujeta —ordena. Tira de la manija. La hoja cede dos centímetros y se traba.

—Diablos, trabada —murmura—. Dame eso.

Arrebata la escopeta.

—Cuando suelte el seguro, empuja, Alain.

Hace palanca a la inversa; el metal cede despacio. A medida que se abre, exhala un humo denso, irrespirable. La escopeta resbala, pero el pestillo por fin cede.

—¡Ahora! —grita Luka.

Alain arranca la puerta. Una bocanada negra invade el pasillo.

Corro a la esquina; cinco guardias irrumpen. La ametralladora ruge en mis manos; los hombres se desploman como marionetas cortadas.

—¡Luna, sal! —vocifera Alain.

—Voy —grita Luka, adentrándose casi a ciegas.

Alain entra tras él. Humo, chispas, calor. En la penumbra veo siluetas: Alain carga a Luna sobre los hombros, Luka lo ayuda; ambos tosen. La traen, la tumban en suelo limpio. Me arrodillo, palmeo su cara; nada. Inclino mi oído sobre su boca. No hay aliento. Levanto la mirada hacia Alain, originándose un segundo silencioso.

—Luna no respira —susurro; la frase pesa como plomo.

36

NUNCA CREÍ EN MILAGROS

Base secreta
Lunes, 1 de julio, 10:50 p. m.

—¡Luna! —El alarido se me escapa del pecho antes de que pueda detenerlo—. ¡No… no!

El humo sigue aferrado a la bóveda del pasillo y se enrosca en mi garganta. Continúo arrodillada junto a ella; me niego a aceptar que pueda irse así, como si la hubiesen apagado de un soplido. La zarandeo por el chaleco, le grito su nombre, intento arrancarla de la inconsciencia.

Oigo a Alain decir algo detrás de mí —no distingo las palabras—; percibo disparos, un eco lejano, pero solo veo el rostro de Luna, pálido, resbalando hacia la nada. Una mano me tira de los hombros, la rechazo con un manotazo y vuelvo a sacudirla. No ahora, no de esta forma…

Entonces, de pronto, tose. Un graznido áspero, como una vieja máquina que regresa a la vida. El corazón me da un latigazo tan fuerte que casi pierdo el aire. Tose de nuevo, parpadea, sus ojos buscan luz. Me seco las lágrimas con la manga sucia y el mundo, de golpe, vuelve a existir.

Saco la pistola y me incorporo; dos guardias asoman al fondo del corredor, disparo en ráfaga y los dejo caer sobre la pila que ya decora el suelo. Giro. Luka sostiene a Luna, ayudándola a sentarse mientras ella sigue expulsando humo; Alain, con la ametralladora aún humeante, exhala como si acabase de soltar una tonelada de peso.

—Seguirán llegando —avisa Luka, mirando a Luna, que alza la cabeza para encontrarme—. Tenemos que movernos.

Entre él y Alain la levantan. Todavía hay humo y Luna suelta otra tos que sacude su cuerpo.

—¿Puedes caminar? —pregunto sin soltar la pistola.

—Creo… que sí —responde con voz ronca.

La sueltan, da un paso y se tambalea. Alain la sostiene por la cintura.

—Mareada —admite Luna.

—Pasará en unos minutos —afirma Luka para animarla. El oxígeno limpia rápido.

La confía a Alain y se acerca a mí. Su rostro, tiznado de hollín, tiene una determinación nueva.

—Esa mujer no respiraba, Ainara. Lo que vimos es un milagro, y los milagros no son gratuitos. Dios no tira los dados. Tienen que terminar el trabajo: Weiss juega a ser Dios, pero hoy he visto de qué lado está Él en realidad. Las cámaras siguen ciegas; pronto las levantarán. Yo los cubriré desde la sala de control.

—Luka —digo, y lo obligo a sostenerme la mirada—, esos motores que escuchamos antes… ¿qué eran?

—Las antenas. Weiss quiso arrasar Nuuk como castigo, la desvié a tiempo. Cree que el Anillo atacó a colegas suyos en Nueva York y después mandó al FBI. Está convencida de que ustedes son su avanzada, de que los enviaron para anular la base antes de que el escudo estuviera activo.

Me resulta casi cómico. La mente torcida de Weiss ha mezclado nuestras caras con las del enemigo real. Si el Camaleón conoce el sistema y Weiss ha dejado de obedecerlo… Miro a Luka, luego a Alain y a Luna.

—Nada de esto es casual —concluyo—. Sin saberlo, hemos trabajado para el Anillo.

Alain frunce el ceño.

—¿Cómo?

—La carpeta que la CIA le dio a Freddy, el tipo que vi en los aeropuertos, el piloto que apareció como si nos esperara, el trayecto tranquilo al hotel, la lancha con todo lo necesario y sin combustible para volver… Nos han dirigido como fichas. El Camaleón contaba con que muriéramos aquí y, de paso, anularíamos a Weiss. Dos pájaros de un tiro.

—Canallas —escupe Alain.

Luka traga, conmocionado.

—¿Estás segura, Ainara?

—Casi —respondo.

Alain, ahora sin reservas, se vuelve hacia Luka.

—¿Vienes con nosotros?

—Desde la sala de control soy más útil. Puedo redirigir puertas, cegar pasillos.

Alain extrae su revólver de bajo calibre y se lo ofrece.

—Tómalo. Si quieres reunirte con nosotros en la azotea, puede que te haga falta.

Luka lo sostiene, algo indeciso, luego guarda el arma bajo la chaqueta.

—Gracias.

Avanzamos unos metros hasta un cruce. Él se detiene y señala.

—Ustedes a la izquierda; los servidores están a dos pasillos. Yo a la derecha.

Saca un cuaderno arrugado de la parka, escribe unos dígitos en la tapa.

—Mi clave maestra. Abre la sala de servidores y anula alarmas internas.

—Gracias —digo, guardándolo en el pecho.

—Si me pasa algo, envía esto a mi familia en Moscú. Explico por qué hice... todo.

—Nada te pasará —replico, más para convencerme a mí que a él.

—Lo sé —responde con una media sonrisa—. Pero guárdalo hasta que suba al helicóptero. Luego me lo devuelves.

Se gira y echa a correr. Lo veo desaparecer; la silueta es devorada por la penumbra. Miro a Luna.

—Ya estoy mejor —asegura, soltándose del brazo de Alain—. Solo iré despacio un par de minutos.

Reanudamos la marcha. Mientras avanzamos, la idea

de Luka me ronda: hace diez minutos Luna yacía sin pulso, y ahora respira. He negado toda mi vida la palabra «milagro», pero quizás hoy —solo hoy— deba mantenerla a mano, por si necesitamos invocarla una vez más antes de que todo esto vuele por los aires.

ESTAMOS ATRAPADOS

Base secreta

Lunes, 1 de julio, 11:30 p. m.

Mientras Ainara y su equipo avanzaban a tientas por los corredores, en otra sección del complejo Luka irrumpía en la sala de control. Tres vigilantes lo interceptaron de inmediato.

—Oímos disparos —gruñó el que iba al frente—. ¿Tienes idea de qué pasó?

—También los escuché —respondió Luka, sin apartar la mano del arma—. Sonaron por el corredor del ala este.

Los hombres se marcharon con prisa, y Luka aprovechó la confusión para subir en ascensor hasta el piso superior. El pasillo olía a metal caliente y a cable chamuscado.

Cuando alcanzó la puerta, el técnico estaba agachado, con la placa quemada entre los dedos ennegrecidos, colocando conectores individuales a un racimo de cables.

—No entiendo cómo se frio esto —murmuró—. Sin repuesto, tocará conectar cada línea a un ordenador diferente. Una chapuza, sí, pero al menos recuperaremos las cámaras.

—Haz lo que tengas que hacer —masculló Luka, maldiciendo entre dientes.

En la penumbra, el profesor Weimbaun lo recibió con una mirada impaciente.

—¿Y mi cena?

—No llegué a la cocina —replicó Luka, dejándose caer en la silla—. Hubo un tiroteo y preferí seguir vivo.

—Entonces, sí eran disparos... —balbuceó el profesor—. Nunca había escuchado balas tan cerca.

La doctora Weiss irrumpió como una ráfaga helada.

—¿Qué demonios ocurre?

—¿No oyó los tiros, profesora? —le respondió Weimbaun con la voz crispada—. Nos atacan y no pienso quedarme quieto.

—¿Quién lanza el asalto? —preguntó Luka.

—Quienes financiaron este proyecto —sentenció Weiss—. Abrieron la caja de Pandora y ahora golpean nuestra puerta.

Luka intentó razonar.

—Un ataque nuevo lleva tiempo; además, seguimos sin corregir el error...

—No me importa —contestó ella—. La vez pasada apenas rozamos una ciudad pequeña. Ahora apuntaremos a una grande. Con el mismo margen de fallo, la destrucción arrasará media urbe. Busquen qué ciudad rusa cumple las condiciones climáticas y lancen la simulación.

El técnico asomó desde el pasillo.

—Tengo imagen, doctora, pero solo puedo mostrar un puñado de cámaras a la vez.

—Deja fijo el perímetro de la sala de servidores y esta planta —ordenó Weiss. Luego, pensativa, añadió—. Si vienen por algo, será por esos dos puntos. Si aparecen aquí, cierro la puerta blindada y el Anillo quedará fuera.

Mientras tanto, en otra sección del laberinto subterráneo, Ainara y su equipo seguían avanzando a toda prisa.

Lunes, 1 de julio, 11:45 p. m.

—Ya casi llegamos —susurra Alain.

Luna, aún pálida pero firme, camina por su cuenta. El aire está saturado de polvo y un zumbido lejano hace vibrar la estructura, como si el hormigón mismo contuviera un latido enfermizo.

—La puerta está en la siguiente esquina — añade.

Doblo el recodo y me encuentro de golpe con un pelotón armado. El pitido del primer proyectil, rompiendo el aire, apenas me deja reaccionar; disparo sin pensar, y Alain me imita. Dos enemigos caen, pero el resto responde de inmediato. El estruendo me sacude el pecho y nos vemos obligados a replegarnos tras el ángulo del corredor.

—Son demasiados —masculla Alain, lanzando una mirada a Luna y otra a mí—. Y no contamos con toda nuestra potencia de fuego.

Tiene razón. Luna no está en condiciones de desatar su furia; necesito una alternativa.

—Dame un segundo —murmuro.

Asomo solo lo justo, disparo y vuelvo a cubrirme. Los hago retroceder medio metro, es el espacio que necesito.

—Los frené un instante.

—¿Para qué?

—Para esto.

Saco una granada del cinturón, le retiro el seguro y la muestro entre mis dedos. El metal frío late como un corazón artificial.

—Te cubro —dice Alain, imitando mi gesto—. Mejor dos que una.

—Tú lanza más lejos; yo, más cerca. A la de tres… ahora.

Las esferas vuelan, describiendo arcos opuestos. Retrocedemos un par de pasos. El rugido doble estalla con un oleaje de fuego que me golpea la cara; el aire se espesa de humo acre y polvo que raspa la garganta. Un cuerpo —o lo que queda de él— sale despedido, fragmentado como un muñeco de trapo.

Contengo el impulso de toser. Espero a que la nube gris se difumine. Doy un paso, luego otro. El corredor vuelve a ser visible: trozos dispersos, olor a pólvora y a carne carbonizada. Mis botas chapotean en restos que prefiero no identificar.

Alcanzamos la puerta de la sala de servidores. Luka —esto lo estoy viendo ahora mismo— aparta con el pie el cadáver que bloquea el umbral. Yo saco el cuaderno donde apuntó su código, marco la clave y el cerrojo cede con un chasquido eléctrico. Entramos.

Frente a nosotros, los *racks* de servidores se alzan como torres iluminadas, infinidad de luces titilantes y cables que serpentean en un caos calculado. El zumbido constante de los ventiladores se confunde con la adrenalina que me martillea los oídos.

Luna frunce el ceño.

—Escucha…

Un chirrido metálico corta el aire y, antes de reaccionar, una compuerta acorazada —idéntica a la que separa las alas del complejo— desciende sobre la entrada común. El golpe final retumba como un portazo definitivo.

Intento manipular el panel, pero la luz pasa de verde a rojo en un parpadeo cruel. Me detengo, respiro hondo y miro a Alain y a Luna. El silencio que nos envuelve pesa más que el acero.

Estamos atrapados.

ESTO VA A HACER RUIDO

Base secreta
Lunes, 1 de julio, 11:50 p. m.

Lo que sucedía en la sala de control a esa misma hora tenía un peso propio. El profesor Weimbaun alzó la vista del monitor y anunció con voz temblorosa.

—Ekaterimburgo, doctora Weiss.

—Excelente —replicó ella sin pestañear—. La cuarta ciudad más poblada de Rusia. Esto desatará una guerra.

Luka contuvo el aliento. Sabía que dependía de la destrucción de los servidores evitar que la catástrofe se pusiera en marcha.

—Introduce las coordenadas, Volkov.

—Weiss golpeó la consola con impaciencia.

Luka permaneció clavado en el sitio.

—Volkov —insistió ella, alzando un tono que helaba la sangre.

—No lo haré —respondió él, despacio—. No voy a condenar a miles de inocentes.

—Harás lo que te ordene —escupió Weiss—, o la próxima ciudad será Moscú.

La amenaza le apuntaba directo al corazón: allí vivía su familia. Aun así, Luka se incorporó, se apartó de la consola y, con un hilo de voz, repitió:

—No lo haré.

—Estás muerto, Volkov. —Weiss ocupó su lugar ante los controles.

Con movimientos secos introdujo las coordenadas, insertó su llave de seguridad, la giró y pulsó el botón de envío. Una réplica sorda recorrió el equipamiento, como si el sistema aceptara gustoso la orden de matar.

El técnico, pálido, irrumpió desde el corredor con un par de pantallas en la mano.

—Doctora, localicé a los intrusos. Se enfrentan a nuestros hombres delante de la sala de servidores.

Weiss se adelantó para mirar. En ese instante, una detonación sacudió el suelo; polvo y chispas cayeron del falso techo.

—¡¿Qué demonios…?! —vociferó.

—Perdí la imagen —balbució el técnico—. Volaron la cámara.

—Muéstrame la sala de servidores —ordenó.

Con un crujido, el video cambió. La puerta blindada se abría y en la imagen aparecían Luna, Alain y Ainara. La doctora corrió de vuelta a la consola auxiliar, tecleó un código y sonrió con frialdad.

—Aquí estás —murmuró para sí—. «Enter.» ¡Listo! Los atrapé.

Se puso de pie y le pidió al técnico auriculares y micrófono.

—Debo distraerlos hasta que la señal llegue a las antenas —dijo, ajustándose el dispositivo.

Luka, desde el umbral, la contemplaba con desesperación. Había visto el bloqueo caer. La sala de servidores estaba sellada. Según su mirada, todo —incluido el destino de sus aliados— había terminado.

La sonrisa helada de Weiss aún flotaba en la cámara cuando el bloqueo cayó sobre nosotros. El portazo metálico retumbó como un latigazo y el pasillo entero vibró bajo mis botas.

Martes, 2 de julio, 12:05 a. m.

—Nos encerraron —masculla Alain, mientras que el eco metálico de la compuerta aún vibra en mis costillas.

—Al menos, estamos donde deseábamos —responde Luna con furia contenida. Su mano roza las granadas colgadas al cinto, y la idea que relampaguea en su mirada no necesita traducción. Quizás muramos, pero su engendro climático morirá con nosotros.

Un pitido intermitente me saca de mis cavilaciones. Localizo la fuente en una mesa lateral: un intercomunicador grisáceo, con una luz roja parpadeante como un latido urgido. Alain y Luna enarcaban las cejas; yo me adelanto, descuelgo la bocina y activo el altavoz.

—Aquí estamos —digo, procurando que mi voz suene templada.

—Por fin terminó la aventura —contesta una mujer al otro lado. El acento glacial delata a Weiss.

—Hola, doctora Weiss. Sí, terminó —replico—. Ha llegado el momento de rendirse.

—¿Te crees graciosa? —exclama—. ¿Cómo te llamas?

—Mi nombre no importa. Lo relevante es que trabajaste para gente que está muy muy furiosa contigo. Los traicionaste, y te han cancelado. Te ofrezco entregarte sin derramamiento inútil de sangre.

Entonces vibra el suelo. Un rumor de motores y cables tensándose. Reconozco el zumbido. Las antenas se alinean para un nuevo disparo. Weiss me entretiene; necesita tiempo.

—Basta de juegos —dice—. No saldrás viva de ahí y yo aniquilaré a quien se interponga.

Respiro hondo. Ella está convencida de que pertenecemos al Anillo, y conoce nuestra fama. Decido girar la amenaza.

—Te equivocas —le digo con calma—. En cuarenta minutos, el Ejército ocupará estas instalaciones y el proyecto volverá a quienes corresponde. No creíste que te permitiríamos activar el sistema de defensa, ¿verdad? Parece que no eres tan brillante como mis superiores pensaban.

Un silencio cortante. Luego, el característico clic: Weiss ha colgado. Sonrío; ha mordido el anzuelo. Tenemos cuarenta minutos antes de que descubra el farol.

Cuelgo la bocina y busco la cámara que nos observa desde la esquina.

—Alain —indico—, apaga ese ojo.

Él alza la pistola y un disparo seco silencia el objetivo. Ahora sí estamos solos, apenas iluminados por las luces parpadeantes de los *racks*.

—¿Y bien? —pregunta Luna.

—Seguimos con el plan.

Recojo la mesa metálica y la vuelco. Alain me ayuda a arrastrarla hasta la esquina. Formará un parapeto improvisado.

—Luna —la llamo—, ponte detrás.

Nos agazapamos tras la plancha fría. Alain extrae su última granada; la sostiene entre el índice y el pulgar, como si pesara menos que un recuerdo.

—¿Con una bastará? —pregunta en un susurro que vibra de adrenalina.

Saco la mía, retiro el seguro y le guiño un ojo. El pasillo resuena con el silencioso tictac de la determinación.

—Esto va a hacer ruido —murmura Alain.

Asiento. El latido en mis oídos marca la cuenta atrás. Aferramos los detonadores y contengo el aliento. La tormenta está a punto de estallar, y yo la sostengo en la palma de la mano.

MORIREMOS TODOS AQUÍ

Base secreta
Martes, 2 de julio, 12:15 a. m.

La doctora Weiss dejó caer los auriculares como si fueran serpientes y regresó a la sala de control en un estado que rozaba la locura.

—Las antenas están cargando —advirtió el profesor Weimbaun—; en diez minutos estarán listas.

—Perfecto —musitó Weiss con la mirada perdida—. Será nuestro último disparo. No permitiré que me arrebaten lo que he construido.

Otra explosión retumbó, arrojando polvo del techo.

—¡Malditos…! —gritó.

Se inclinó sobre la consola y pulsó la orden. Las antenas quedaron programadas para disparar en cuanto el sistema alcanzara la carga óptima, sin requerir más intervención humana. Acto seguido, se acercó al panel de emergencia.

—Diez minutos, ¿verdad? —murmuró, hablando consigo misma—. Entonces, esto tardará treinta. Si el ejército aparece antes, se llevará una sorpresa.

Insertó su llave en el módulo de autodestrucción; la cuenta regresiva floreció en rojo sobre la pantalla.

—Si esto no puede ser mío, no será de nadie.

Salió sin despedirse. Weimbaun palideció.

—Está loca. ¿De qué ejército habla? Nos matará a todos.

Sin esperar réplica, corrió por el pasillo. El técnico quiso detenerlo, pero solo obtuvo silencio. Luka, lívido, presionó el botón de evacuación; la alarma se propagó por toda la base, como un taladro de acero retumbando en los pasillos.

BASE secreta
Martes, 2 de julio, 12:20 a. m.

LA SIRENA aún retumbaba en nuestros oídos cuando el estruendo alcanzó la sala de servidores.

—Mierda —gruñó Alain—, creo que dos granadas fueron demasiadas.

—Quizás no —respondí.

Seguíamos encogidos detrás de la mesa volcada; el aire olía a pólvora y polvo calcinado. La oscuridad era casi total.

—¿A qué te refieres? —preguntó Alain.

—Al frío —contestó Luna antes que yo—. ¿No lo sientes?

Nos pusimos de pie. Entre montones de escombros, un resplandor helado se colaba por media pared desplomada; el viento aullaba, filtrándose como un látigo de hielo, y el crujido de las antenas se oía cercano, vibrante.

—Tenemos salida —dijo Alain, empujando la mesa para abrir el paso.

Avanzamos sobre restos afilados; el aire cortaba la piel. Luna señaló el techo: una sección también se había venido abajo.

—Podemos trepar —propuso Alain.

Me alzó; con un impulso llegué a la abertura y, jadeando, me encaramé a una pequeña habitación con escritorios volcados. De pronto, la alarma general empezó a ulular.

—¡Luna, vamos! —exclamé.

Entre el empujón de Alain y mi tirón, ella subió. Una voz metálica saturaba la estancia al grito de «Evacuación».

—Apresúrate, Alain —grité—. Esto no me gusta nada.

Acomodó una caja metálica, se impulsó y nosotros lo subimos. El piso temblaba bajo nuestros pies.

—¿Qué ocurre? —preguntó Luna.

—No lo sé, pero necesitamos la azotea para tomar el helicóptero.

Entonces, llegaron a mis oídos las hélices en marcha, ese latido inconfundible.

—Olvídenlo —murmuró Alain—. El pájaro despega.

—Sala de control, entonces —afirmé—. Luka no se irá sin nosotros.

BASE secreta

Martes, 2 de julio, 12:25 a. m.

Luka se quedó observando la consola. No podía abortar el ataque, pero sí retrasarlo. El protocolo de emergencia exigía reintroducir la llave cada dos minutos o la secuencia se pausaría. Sin la llave de Weiss, solo él podía sostener el ciclo manualmente... hasta que la autodestrucción hiciera el resto.

El rugido del helicóptero arrancando le avisó que la doctora intentaba huir.

—Ahí se va mi última salida —murmuró—. Solo queda hacer lo correcto.

Selló la puerta desde dentro, bloqueando cualquier entrada o escape. Programó la pausa de dos minutos y, con los segundos contados, rodó hasta otro terminal. Sin cálculos, elevó el sistema de defensa al nivel máximo: una tormenta de tornados con radio de dos kilómetros. Se alzó, vio por la ventana cómo nubes oscuras se arremolinaban sobre la base y observó el radar. El punto luminoso del helicóptero avanzaba hacia el sur. El vendaval crecía, rugiente. El destello desapareció del monitor.

—Hasta ahí llegaste, doctora Weiss.

Sacó un pequeño disco, lo mantuvo entre los dedos. Aún faltaba algo.

BASE secreta

Lunes, 1 de julio, 12:33 a. m.

La tormenta ya rugía sobre nuestras cabezas cuando doblamos el codo del corredor.

—Tiene que ser por aquí —musitó Alain.

Vi la puerta cerrada. Tras el cristal, una figura se movía entre destellos de pantalla.

Parpadeé. Era Luka.

—¡Allí está! —exclamé, lanzándome hacia el umbral.

El tirador no cedió; Alain intentó forzarlo conmigo. Golpeé el vidrio.

—¡Luka!

Se volvió un instante; su expresión, indescifrable, me atravesó. Volvió a los controles.

Tomé un extintor de la pared, lo estrellé contra el vidrio; resonó, pero no se fracturó. ¡Cristo!, estaba blindado. Luka giró al escuchar el estruendo, negó con la cabeza y se acercó. Sacó un diminuto disco del bolsillo, lo deslizó bajo la puerta.

—Ahí tienen los datos que pueden exponer toda la operación —explicó—. Váyanse.

Alain recogió el disco. Tras él, un temporizador brillaba en rojo: diez minutos.

—No, Luka —murmuré.

El extintor cayó de mis manos. Golpeé el vidrio con el puño, impotente.

—Sal de ahí, por favor.

Mi estómago se hizo un nudo. Él apoyó la palma en el cristal; coloqué la mía sobre la suya, separadas por aquel muro frío. Sus ojos se humedecieron, y los míos también. Una explosión sacudió el piso; el polvo cayó en cascada.

Luka sonrió con ternura triste.

—¿Por qué lo haces? ¿Crees que puedes detenerlo?

Miró el tablero, luego a mí.

—Te quedan nueve minutos. No permitas que sea en vano.

Se alejó. Mi corazón se aferró a la puerta como si pudiera atraerlo. Alain me tomó del brazo.

—Vamos, Ainara.

Lo aparté; Luka volvió a los controles, decidido. De verdad iba a quedarse.

Luna me tocó el hombro.

—Por favor. Si no salimos ahora, moriremos todos aquí.

Tragué el nudo de fuego que me quemaba la garganta. Sabía que tenía razón… y sin embargo, deseaba —con la intensidad de una implosión— que el universo se equivocara.

Pero el contador seguía bajando. Ocho minutos. Siete.

Y la base entera olía ya a despedida y a pólvora.

EL ESCAPE

Base secreta
Martes, 2 de julio, 12:40 a. m.

—DEBEMOS IR POR EL COMBUSTIBLE —dijo Alain con la voz velada por el viento.

—Por dentro no llegaremos —replica Luna—. Tendremos que salir por el boquete de la sala de servidores.

No respondo; avanzo tras ellos, conteniendo la mezcla áspera de tristeza y furia que me atenaza el pecho. El aire helado nos castiga sin piedad —carecemos de abrigo— y me preocupa que Luna, exhausta, no resista. Apenas franqueamos la apertura, descubrimos que en torno nuestro ruge una tormenta colosal. Mientras, en ese pasillo improvisado, el viento apenas sopla.

Pisamos la nieve a la carrera y, al alcanzar el ala este, una explosión ilumina la noche. A la izquierda, la luz enceguecedora de una antena estalla; enseguida revienta otra… y otra.

—¡Rápido, ya empezó! —grita Alain.

Las detonaciones se encadenan; fragmentos incandescentes caen como lluvia de hierro. Recorremos el tramo hasta la puerta por la que entramos el día anterior. Alain vacía el cargador sobre la cerradura y la derriba de una patada; nos precipitamos al vestidor.

—Siguen aquí. —Celebro al ver los dos bidones de combustible.

Lanzo un abrigo a Luna y me calzo otro; Alain se enfunda en el último justo cuando una nueva explosión sacude el edificio.

—Luka… —susurro, paralizada un instante.

—Vamos, Ainara —insiste Alain, cargando un bidón en cada mano.

El estallido siguiente, más cercano, me arranca del estupor. Salimos; tras nosotros, explosiones sucesivas muerden el silencio. Cruzamos la nieve hacia la reja. Vuelvo la vista y percibo siluetas que corren sin rumbo. No llegarán lejos. En la distancia, las luces de motos de nieve se disuelven dentro del vendaval. Un estruendo me obliga a mirar atrás: el edificio arde y comienza a colapsar como un gigante herido.

Alcanzamos la moto, vertemos el combustible, programo el GPS y arrancamos. La tormenta empieza a disiparse, como si obedeciera a una orden secreta.

Hemos avanzado más de un kilómetro cuando distingo humo a la derecha. Sale de un vehículo siniestrado. Señalo el lugar; Alain desvía la moto. Es el helicóptero, hecho pedazos. Nos detenemos y lo inspeccionamos. Dentro, el piloto yace inerte, y a su lado, una mujer inconsciente. Alain verifica sus signos.

—La mujer está viva —informa—. Debe de ser Weiss.

—¿Qué hacemos? —pregunta Luna con el ceño fruncido—. Podría hundir al Anillo.

Tiene razón.

—Debemos llevarla —indico.

—¿Dónde? —replica Alain—. No hay espacio.

—Encontraremos la forma —insisto, y la frialdad de mi tono zanja la discusión.

BASE secreta
Martes, 2 de julio, 4:10 a. m.

DETENGO la moto cuando mis brazos crujen de cansancio; llevamos más de medio trayecto. Consulto el GPS: seguimos la ruta correcta. Descendemos. Alain —que venía detrás— carga a la doctora Weiss atada a la espalda con una cinta de velcro; Luna, sentada en la parte posterior, casi se desploma de agotamiento. Entre las dos la bajamos y la tendemos sobre la nieve.

—Sigue viva —constata Luna, palpándole el pulso.

Hurgo en la mochila y saco el teléfono, confiando en que por fin haya señal. Llamo a Junior; la conexión chisporrotea antes de establecerse.

—¿Ainara? —Su voz entrecortada me hace cerrar los ojos un instante, aliviada.

—Escucha —digo, directa—. Llegaremos a la costa en tres horas. Llevamos a Weiss; no sé si aguantará.

—Entendido —contesta.

—No avises a Christopher —añado—: podría trabajar para el Anillo. Busca otro medio de evacuación.

Tarda un segundo en responder.

—Entendido —repite—. Hallaré la forma.

Le dicto nuestras coordenadas y corto antes de que la señal se pierda.

—Me toca conducir —anuncia Luna con determinación fatigada—. Subamos el peso muerto.

Alain y yo asentimos. Sin decir más, ajustamos la carga en la moto y retomamos el camino: el horizonte aún está lejos y, detrás, el día empieza a teñir de malva las aristas de la tormenta.

EPÍLOGO

Costa de la isla de Banks, Canadá
Viernes, 5 de julio, 11:30 a. m.

—Señora. —Oigo que me llaman—. Ya debemos volver.

Permanezco de pie, el mar está a mi espalda y tengo la vista clavada en la línea gris que oculta los restos de la base. Quise llegar hasta aquellas ruinas, pero fue imposible: la banquisa y los vientos polares las volvieron territorio vedado. Bajo las manos, dejo una pequeña caja sobre el suelo endurecido por el hielo.

—Tengo una flor, Luka —susurro—. No supe de qué otra forma despedirte.

Aún sostengo tu cuaderno. Con los guantes gruesos se me resbala, cae, y al recogerlo descubro un pliegue que se asoma entre las páginas. Me quito el guante con torpeza; los dedos, helados, extraen el papel:

«Si queremos cambiar el mundo, debemos aprender a amar, incluso en medio del caos».

Siento un nudo ardiente subirme a la garganta.

—Señora… —insiste la voz, más cerca.

Guardo la nota en el cuaderno, me seco las lágrimas con el dorso del abrigo y dejo escapar un suspiro que se mezcla con el aliento gélido.

—Adiós, Luka.

Al girarme, el piloto me espera junto al hidroavión, los motores ronronean sobre el agua gris. Ya no queda nada más que hacer aquí, salvo llevarme tu memoria a un lugar menos inhóspito.

Búnker de Andrew, Nueva York
Viernes, 5 de julio, 10:00 p. m.

Regresé de Canadá hace apenas un rato; todos me aguardaban en silencio respetuoso. Nadie preguntó nada. Sabían que aquel viaje era asunto estrictamente personal. Incluso Peter, que pocas veces calla, prefirió no saber.

—Deberían haber visto la cara de Alain —dice Luna y reí— cuando Junior avisó por radio que la Policía Montada nos esperaba en la costa.

—Creí que acabaríamos presos allí para siempre —explica Alain, alzando las cejas.

—No tenía a quién recurrir —se justifica Junior—. Además, Andrew les armó una identidad brillante en un par de horas: los presentaron como científicos ilustres estafados por un canadiense corrupto. La policía no sabía cómo disculparse.

—Hablando de estafas… —intervengo—. ¿Supieron algo de Christopher y Charlie?

—Consulté a las autoridades canadienses —responde Freddy—. Nadie conoce a ese Christopher y Charlie ha desaparecido.

—Tenías razón, Ainara —asiente Luna—. Todo olía al Anillo.

—¿Y Weiss? —pregunto.

—Ningún dato concreto —contesta Freddy—. Solo que la trasladaron de urgencia a un hospital de Vancouver; allí se le pierde el rastro.

—El Gobierno canadiense —opina Peter— querrá evitar cualquier vínculo con sus experimentos.

—Eso parece —concede Freddy.

Me mortifica pensar que el Anillo nos utilizó con semejante frialdad. Sin embargo —si dejo a un lado lo de Luka—, podría decirse que salimos airosos. Nunca creí que llegaría a sentir algo tan intenso por alguien que apenas conocía, y menos aún en medio del fin del mundo. Me habría gustado vivir otra oportunidad, averiguar si él sintió lo mismo.

Andrew, hasta entonces silencioso, carraspea.

—Ainara, el disco que te entregó Luka no contenía información del proyecto.

—¿Cómo que no? —pregunto, alarmada—. ¿Qué hay entonces?

—Solo un video —explica—, guardado en una carpeta que se llama «Para Ainara». Nadie lo ha visto.

Pensé que tú deberías verlo primero.

El aire se espesa; mi voz apenas sale. Tal vez —al fin — sea la oportunidad de saber qué sentía Luka por mí.

—Gracias, Andrew —murmuro, luchando por no quebrarme—. Envíalo a mi móvil. Lo veré cuando… cuando esté lista.

FIN

Ainara regresa en la décima cuarta novela de la serie: *Cenizas de guerra*. Obtenla aquí:
https://geni.us/CenizasdeGuerra

Puedes encontrar todas las novelas de la serie de Ainara Pons aquí:
https://geni.us/SerieAinaraPons

NOTAS DEL AUTOR

Espero hayas disfrutado la lectura de esta novela.

Si te gustó mi obra, por favor déjame una opinión en Amazon. Las críticas amables son buenas para los autores y los lectores... y un estudio reciente (realizado por mi persona) también indica que escribir una opinión positiva es bueno para el alma ☺
¿Sabías que ahora también puedes disfrutar de mis historias en audiolibros? Te invito a gozar de esta experiencia con mi relato *Los desaparecidos*. Escúchalo **gratis** aquí:
https://soundcloud.com/raulgarbantes/losdesaparecidos

Finalmente, si deseas contactarte conmigo puedes escribirme directamente a raul@raulgarbantes.com.

Mis mejores deseos,
Raúl Garbantes

amazon.com/author/raulgarbantes

goodreads.com/raulgarbantes

instagram.com/raulgarbantes

facebook.com/autorraulgarbantes

x.com/rgarbantes